KB007524

서울에서
직장인으로
살아간다는
것___ _

쉴 틈 없는 회사의 시간과
숨 돌릴 나만의 시간 사이에서

서울에서 직장인으로
살아간다는 것

초판 1쇄 발행 2018년 3월 7일
초판 2쇄 발행 2018년 7월 2일

지은이 박인경

기획편집 김소영
기획마케팅 최현준
디자인 Aleph Design

펴낸곳 빌리버튼
출판등록 제 2016-000166호
주소 서울 마포구 양화로11길 46(메트로서교센터) 5층 506호
전화 02-338-9271 | **팩스** 02-338-9272
메일 billy-button@naver.com

ISBN 979-11-88545-10-0 03810

ⓒ 박인경, 2018, Printed in Korea

· 이 책은 저작권법에 따라 보호를 받는 저작물이므로 무단전재와 무단복제를 금합니다.
· 이 책의 내용을 사용하려면 반드시 저작권자와 빌리버튼의 서면 동의를 받아야 합니다.
· 책값은 뒤표지에 있습니다. 파본은 구입하신 서점에서 교환해 드립니다.
· 빌리버튼은 여러분의 소중한 이야기를 기다리고 있습니다.
  아이디어나 원고가 있으시면 언제든지 메일(billy-button@naver.com)로 보내주세요.

이 도서의 국립중앙도서관 출판예정도서목록(CIP)은 서지정보유통지원시스템 홈페이지(http://seoji.nl.go.kr)와
국가자료공동목록시스템(http://www.nl.go.kr/kolisnet)에서 이용하실 수 있습니다.(CIP제어번호:CIP2018004728)

쉴 틈 없는
회사의 시간과

숨 돌릴
나만의 시간

사이에서

서울에서
직장인으로
살아간다는

것 ___ 박인경 지음

빌리버튼

바쁜 아침, 젖은 머리카락을 말리지도 못한 채 바삐 출근 길에 나선다. 회사에 들어가기 전, 좋아하는 카페라테 한 잔에 좋아하는 음악 한 곡을 들으며 오늘 하루에 대한 마음의 준비를 해본다.

출근하자마자 퇴근이 기다려지는 회사에 도착해 일부러 웃음을 지어본다. 그러다 가끔은 같이 일하는 동료가 건네 주는 간식 하나, 상사의 칭찬 한마디에 진심으로 미소를 짓는다.

기다리던 퇴근 시간이 다가오면 누가 먼저 퇴근할지 소리 없는 눈치 게임에 긴장한다. 퇴근 후 집 근처 카페에서 달콤한 케이크 한 조각을 먹으며 힘겨운 하루에 대한 보상을 받는다.

주말은 왠지 짧게만 느껴져 의미 있는 시간으로 채우고 싶지만, 밀린 늦잠을 자고 책을 읽고 오랜만에 만난 친구와 대화를 나누다보면 어느새 일요일 밤이 찾아온다. 거짓말처럼.

《서울에서 직장인으로 살아간다는 것》은 쉴 틈 없는 회사에서의 시간과 숨 돌릴 나만의 시간 사이에 살고 있는 나와 당신의 이야기다. 우리는 직장인으로 매일매일 고단한 삶을 살아가고 있지만, 그 안에서 보람과 희망도 느낀다. 퇴근 후에 마시는 맥주 한 잔에 힘들었던 기억들을 날려보내고, 주말에는 소소한 취미 생활을 즐기며 나만의 작은 여유를 만끽한다. 일하면서도 작은 행복을 찾으며 자신만의 삶을 만들어가는 것이다.

부디 이 책을 읽는 당신이, 자신만의 삶의 행복을 찾을 수 있기를 바라며.

수고했어요, 오늘도.

일

퇴
근

FROM HOME

출근

잘해왔고

잘하고 있고

잘할 거예요.

못해도 괜찮고요.

아, 일어나야 해

아침이 되어 눈을 떴을 때, 이케아에서 산 두껍고 하얀 커튼을 통해 들어오는 빛이 너무 좋아서 잠시 멍해진다. 아, 일어나야 해. 오늘 하루가 시작되었음을 받아들이자.

공복의
출근길

아무리 바빠도 사과 반쪽과 구운 식빵 한 조각을 먹을 수
있는 여유가 있다면 좋겠다.

바쁜 아침에
이불을 정리하는 이유

출근하러 집을 나서기 전, 아무리 바빠도 내 방을 돌볼 시간을 가지려 한다. 침대 위에 마음대로 놓인 이불을 활짝 펼쳐 얼추 정갈한 느낌을 만들어보고, 환기를 위해 창문을 한 뼘 열어둔다. 온갖 화장품과 헤어용품을 수납장에 넣어놓고, 자는 내내 포근함을 선사해준 잠옷은 고이 접어 서랍장에 넣어둔다. 간단한 정리를 마치고 집을 나선다.

바쁜 출근 시간에 방 정리를 하고 나가는 건 내가 깔끔한 성격이라거나 청소를 즐기는 사람이라서가 아니다. 퇴근 후에 편안하고 안락한 집에서 쉬기를 기대하며 돌아올 열

시간 뒤의 나를 위한 것. 종일 일하느라 지쳐 있을, 누군가에게 이리저리 치였을 오늘 밤의 나를 위한 것이다.

출근길

분주하게 움직이는 사람들을 따라 다급해지는 발걸음. 커피 한 잔으로 하루를 시작하면 에너자이저가 될 것만 같은 착각. 지하철 앞 요구르트 아주머니 방앗간에서의 참새질, 좋아하는 노래를 플레이리스트에 가득 담고 오늘을 대하는 마음의 준비, 지하철 문이 닫히려는데 무리해서 타는 사람에 대한 걱정, 내 욕심이 가득 담긴 가방으로 지하철을 함께 탄 사람들을 위협하며 오늘도 전쟁 같은 출근길을 시작해본다.

생활 계획표

직장인으로 생활하다보면 '내 시간'이 간절해진다. 평일 퇴근 후의 저녁 시간과 주말이라는 이틀의 시간. 나는 '내 시간'을 조금도 낭비하고 싶지 않아 계획적으로 보내려 애쓴다. 출퇴근길에는 스마트폰의 메모장 어플을 열어 이번 주말에 꼭 하고 싶은 일을 적는다. SNS에서 본 예쁜 카페 가기, 서점 가서 베스트셀러 도서 구매하기, 도시락 싸서 공원으로 소풍 가기, 공공자전거인 따릉이를 빌려 한강에서 자전거 타기, 먹고 싶은 음식 요리해 먹기.

'내 시간'이 부족하다고 느끼기 때문에 여유를 두고 자연스럽게 하면 좋을 일도 계획적으로 하게 된다. 하지만 무엇이든지 계획대로 행동하다보니 강박이 생겨 주말에도 여유가 없어졌다. 이럴 때 보면 어떻게 사는 것이 맞는 것인지 잘 모르겠다. 항상 '적당히'가 어렵다.

교사가 교사를
위로하는 방법

내 직업은 어린이집에서 아이들을 돌보는 교사다. 함께 일 하는 선생님들은 종종 출근길에 회사 근처 편의점에서 선 생님 수만큼 커피를 사 오곤 한다. 종일 바쁘게 지내는 서 로를 격려하며 작은 동료애를 나누는 것이다. 바쁜 일과 중에 짬을 내어 잠시 들른 교사실에서 내 이름이 꾹꾹 눌 러 쓰인 메모지가 붙은 커피를 발견하면 고마움과 미안함 이 교차한다. 서로에게 위로와 응원의 마음을 전하기 위해 바쁜 아침부터 무거운 봉지를 들고 왔을 가냘픈 손목이 상 상이 돼서. 내일은 나도 잊지 말고 선생님들의 커피를 사 와야지.

이사가
정답인가

새로운 직장을 구했다. 집에서 일터까지 대략 한 시간. 직장은 집에서 가까운 곳이 최고라는 것을 알고 있지만 그것은 내가 선택할 수 있는 영역이 아니었다. 내 선택 영역이 아니기에 긍정적으로 생각해보려 했다. 출근하는 길에는 규칙적으로 책을 읽을 시간이 생기고, 퇴근하는 길에는 하루를 되새겨보는 시간이 생겼다고. 그러나 통근 시간이 길어진 만큼 내 시간이 줄어들었고, 잠자는 시간도 부족해졌다. 이사를 가야 하나. 출근 시간 동안 이사의 필요성을 고민하다보면 어느덧 회사에 도착한다. 회사에 도착하면 정신없이 보내느라 이사의 필요성을 생각했다는 사실마저 잊는다. 이런 과정이 무한히 반복되자, 결국 이사에 대한 고민은 어느새 흔적도 없이 사라졌다. 고민이 사라지자 정답은 필요하지 않게 되었다.

오늘의
플레이리스트

혼자 있을 때 노래 듣는 걸 좋아한다. 특히 출퇴근 시간에
는 내 마음 상태를 가다듬기 위해 노래를 듣는다. 출근할
때는 나를 응원하고 다독일 수 있는 노래, 퇴근할 때는 수
고했다는 메시지를 줄 수 있는 노래.

요일에 따라 플레이리스트가 달라지기도 하는데 월요일
에는 주말 동안 푹 쉬었으니 다시 내 몸과 마음을 가다듬
을 수 있도록 차분한 인디 밴드 음악을 듣는다. 목요일, 금
요일은 한 주의 스트레스와 피로가 몰려 있지만 곧 주말이
다가온다는 의미에서 신나는 음악을 들으며 활기차게 출

근한다. 직장 생활 중 나를 어르고 달래준 건 3할이 노래가
아닐까 생각한다.

젖은
머리

출근 시간에 맞춰 바삐 나오느라 젖은 머리를 말리지 못했다. 이른 아침 바람이 젖은 머리카락에 불어와 쌀쌀함이 느껴졌다. 지하철이 들어오기를 기다리며 스크린도어에 비친 내 모습을 보고서는 젖은 머리카락을 머쓱하게 쓸어 내렸다. 젖은 머리로 출근하는 내 모습이 마치 지금의 삶을 대변하는 것 같아서. 내일은 머리를 바싹 말리고 나와야지.

그런 하루

에스컬레이터를 타고 지하철역 위로 올라가는 순간, 눈부실 정도로 따스한 햇살에 눈이 감겼다. 이어서 선선한 바람까지 더해져 행복한 기분이 들었다. 나의 오늘 하루도 그러했으면 좋겠다고 생각했다. 따스하고도 선선한, 기분 좋은 하루.

여고생의
흰 셔츠

출근하는 직장인들 사이로 등교하는 고등학생들을 자주 본다. 내가 학생이었을 때와는 달리 요즘에는 많은 여학생들이 자유롭게 화장을 하고 교복을 줄여 입는다. 그런 모습을 보면 역시 학생은 학생다울 때가 가장 예쁘다는 말에 공감이 간다.

어느 날은 요즘 아이답지 않은 여고생을 만났다. 꽉 쥐어 묶은 포니테일 머리는 좌우로 촐랑촐랑 움직였고, 막 다려 입고 나온 듯한 교복 셔츠는 너무나 희고 고왔다. 고등학생 때의 나는 어떠했나. 저렇게 단정하고 맑았을까. 여고

생을 보면 생각이 많아지는 걸 보니, 나도 이제 어쩔 수 없이 어른이 되었나보다.

에코백

앞 사람의 에코백을 보면서 생각했다. 나도 에코백 같은 사람이 되고 싶다고. 가볍고 특별한 장식이 없어 부담이 없는 사람. 언제나 자연스러운 느낌의 편안한 사람.

내 신발 앞코만 보고
걸을 때가 있다

사람들로 바글바글한 지옥철 안. 기나긴 지하철 환승길. 사람들의 어두운 표정을 보는 것이 부담이 될 때가 있다. 나는 겨우겨우 마음을 가다듬고 담담하게 출근하는데, 그들은 아직 준비가 안 된 것 같아 차마 볼 수 없을 때가 있다. 그럴 때면 내 신발 앞코만 보고 걷는다.

환승 1

환승길에 드는 생각. 지금 전속력으로 뛰어서 이번에 들어오는 열차를 탈까, 아니면 이 시간만이라도 여유롭게 걸어가 다음 열차를 탈까. 매일매일 선택의 기로에 서 있다.

모닝커피
한 잔의 의미

아침에 눈을 뜨고 일어나 출근 준비를 하다보면 자연스럽게 '아, 오늘은 커피를 마시지 않고는 일하기 어려운 날이 될 것 같다.'라고 생각하게 되는 날이 있다. 출근 전부터 하루의 근무를 걱정하는 이런 날에는 반드시 출근길 커피 수액에 의지할 수밖에 없다. 커피를 마신다는 건 카페인의 도움을 받아 맡은 일에 좀 더 집중하고 싶은 내 책임감이기도 하고, 어젯밤 내 시간을 조금 더 가지고 싶어 잠을 미루었던 행동에 대한 반성이기도 하다. 하루를 버티게 해주는 고마운 모닝커피 한 잔.

빌딩이 줄지어 선 강남 일대. 서울에 산 지도 9년이 넘었지만 여전히 빌딩숲을 지날 때면 도시의 화려함 사이로 느껴지는 삭막함에 대해 생각하게 된다.

어느 날은 버스를 타고 회사에 가는데, 반짝이는 빌딩 사이로 청년 두 명이 서 있는 것이 보였다.

그들은 해운대에 있는 어느 호텔에 투자하라는 내용의 현수막을 들고 있었다. 상업적인 목적을 위해 인간 간판이 되어버린 그들. 아마도 어쩔 수 없는 그들만의 삶이 있으리라 생각되어 잠시 동안 마음이 쓸쓸해졌다. 가끔은 숨을

쉬지 않는 것들이 숨을 쉬는 존재의 가치를 낮아 보이게
만드는 것 같다.

패턴

매일 비슷한 하루를 반복하며 지내다보니 출근길에 하나의 패턴이 만들어졌다. 내가 패턴을 만든 것인지, 패턴이 나를 만든 것인지는 모르겠지만, 아무튼 그런 것이 생겼다. 먼저, 아침에 지하철역 앞에서 커피를 산다. 비교적 짧은 시간이 걸리는 첫 번째 지하철을 타고 홀짝홀짝 커피를 마신다. 좋아하는 노래를 듣는다. 환승길을 걷는다. 두 번째 지하철을 탄다. 이번 주에 읽고 싶었던 책을 꺼낸다. 가방은 선반 위에 올려두고 안정적인 자세로 서서 책을 읽는다. 어느 정도 몰입해서 읽다가 도착하기 두 정거장 전에

책을 덮는다. 남은 5분 동안 회사에서 오늘 무슨 일을 해야 할지를 생각하며 하루에 대한 마음의 준비를 한다. 그러다 좋은 문장이 떠오르면 회사까지 걸어가는 동안 메모한다. 그렇게 내게는 출근길 패턴이 생겼고, 나는 이 패턴이 꽤 마음에 든다.

환승 2

환승길이 출근하는 사람들로 가득 찼다. 사람들의 검은 머리들이 모여 개미떼처럼 보인다. 오늘도 바쁘게 살아가는 일개미들. 아, 다들 어떤 마음으로 살아가는 걸까.

예열

운이 좋아 회사 앞 지하철역에 예상한 시간보다 15분 일찍 도착했다. 역에서 나와 비어 있는 벤치에 털썩 앉았다. 바쁘게 출근하는 사람들, 등교하는 사람들을 바라보며 가만히 앉아 있었다. 아무런 생각도 없이 햇살을 받으며 몸과 마음을 따듯하게 데웠다. 마치 오늘 하루를 보내기 전, 마음의 준비를 하듯이. 예열하는 것처럼. 신기하게도 출근하기 전에 나를 데워놓으니 온종일 안정된 마음으로 일할 수 있었다.

일

내가 나에게

괜찮다고 말해준 적이

언제였더라.

"다 괜찮아."

집에 가고 싶다

회사 문을 이영차 밀고 들어가는 순간부터 회사 문을 나와 집에 도착하기 전까지, 나는 오직 단 한 가지의 생각에 갇힌다. 집에 가고 싶다. 이 생각에는 출구도 없다.

내 안의 전사

나에게는 두 개의 인격체가 있다. '회사 안에서의 나' 그리고 '회사 밖에서의 나'. 회사에 들어서는 순간, 굳어 있던 나의 입은 미소로 가득 차고, 흐릿했던 눈빛은 반짝이기 시작한다. 회사라는 전쟁터에 들어서면 긴장감과 책임감으로 무장한 한 명의 전사가 있을 뿐이다. 전사여, 오늘도 잘 치르고 오시오.

나의 일

일을 시작한 지도 어느새 4년이다. 수능 점수에 맞춰 선택한 길이지만 기대 이상으로 적성에 맞아 잘 버티고 있다. 아이들과 함께 지내는 것은 재미있고 따뜻한 일이지만 동시에 수시로 다양한 어려움을 안겨주는 일이기도 하다. 그렇기에 어린이집 교사는 누구나 될 수 있지만, 아무나 지속할 수 없는 일이다.

아이들을 돌보는 보육교사로서 지내다보면 매일이 긴장의 연속이고 잔병을 달고 살지만, 퇴근 후에 가만히 누워 천장을 보면 하루 동안 웃음을 준 아이들이 떠오른다. 가끔

체력적으로 힘에 부쳐 다른 일을 해볼까 생각한다. 그런데 이 일 말고는 도통 떠오르질 않는다. 그러고 보면 또 천직인가 싶기도 하다.

태풍이 몰아친 뒤

교실에서 아이들과 함께 있다보면 여러 명의 아이들이 동시다발적으로 싸우고, 다치고, 나에게 무언가를 요구하는 경우가 있다. 이럴 때마다 고요한 태풍의 눈이 되길 바라며 심호흡을 해보지만, 결국에는 태풍에 휩쓸려 어찌할 줄 모르는 나를 발견한다. 난 어디, 여긴 누구.

동지애

직장 안에서 나와 잘 맞는 사람이 한 명이라도 있으면 얼마나 숨통이 트이는지. 회사 안에서 바쁜 업무 중에도 잠깐의 눈맞춤으로 상대방의 상황과 감정을 순식간에 공감하고 이해해주는 관계. 회사 밖에서 편안하게 만나 커피한 잔을 앞에 두고 우리의 일이 얼마나 고된지, 그럼에도 불구하고 우리의 일이 어떤 가치와 의미를 지니는지 이야기 나눌 수 있는 관계. 학교 동창과는 나눌 수 없는 우리만의 이야기를 나누면서 동지애를 느끼곤 한다.

사랑을
주고받는 직업

여섯 살 여자아이가 낮잠 시간에 엄마를 찾으며 서럽게 울었다. 울고 있는 아이에게 다가가 양팔을 넓게 벌리자 아이가 내 품으로 들어와 얼굴을 묻었다. 아이를 진정시키기 위해 아이의 등을 쓸어내리고 "엄마가 보고 싶었지." 하며 마음을 읽어주었다. 교사는 아이들에게 사랑과 안정감을 주는 사람이라고 생각하면서.

그런데 웬일일까. 아이가 내 품에 안겨 있는 시간이 길어질수록 이상한 기분이 들었다. 시간이 갈수록 내가 아이에게 의지하게 되었던 것이다. 순간의 착각일 수도 있겠지만

아이는 내 등을 토닥거리는 것 같았다. '선생님도 힘들지
요?'라고 물어보듯이. 그랬다, 힘들었다. 그날은 평소보다
고된 업무와 스트레스로 지친 하루였다. 누군가의 위로가
필요한 날이었다. 그 순간, 나도 아이의 품에 안겨 위로받
고 있다는 생각이 들었다.

그리고 깨달았다. 아, 내가 하는 일은 사랑을 주기만 하는
일이 아닌가보다. 사랑을 주고받으며 마음을 나누는 일인
가보다. 참 따듯한 일이다.

메이트

내가 일하는 어린이집은 '메이트'라는 제도가 있다. 예를 들어 다른 기관에서는 한 반에 한 명의 교사가 다섯 명의 아이들을 맡는다면, 내가 일하는 곳은 한 반에 두 명의 교사가 열 명의 아이들을 맡는다. 교사 대 아동 비율은 같지만, 두 명 이상의 교사가 한 팀이 되어 아이들을 맡아 돌보는 것이다. 이렇게 자신과 같은 반인 교사를 '메이트'라고 부른다. 메이트는 매년 바뀌는데, 초년차에는 선배와 같은 반이 되어 선배의 리드에 따라 반을 운영하고, 연차가 높아지면 주로 후배와 메이트가 되어 반을 이끈다.

나는 운 좋게도 매번 나와 잘 맞거나 맞춰갈 수 있는 사람들이 메이트가 되어 마음고생 없이 일할 수 있었지만, 개중에는 자신의 메이트와 성향이나 가치관, 교육관 등이 너무 달라서 힘들어하는 사람들도 있다.

매년 나와 다른 사람과 조율을 하는 일. 그 과정 속에서 타인에게 배울 점을 찾고 가치를 발견하는 일. 교사들은 이렇게 부딪히고 깎이면서 점점 매끄럽게 다듬어지고 성장하는 것 같다.

매일이 백지 상태

스스로도 놀랄 만큼 기억력이 나빠졌다. 기억력이 나빠진 것은 직장 생활을 한 뒤부터다. 회사를 다니며 익히고 외워야 하는 많은 정보로 인해 머리에 과부하가 걸린 것만 같다. 새로운 무언가를 기억하는 것은 부담스러워지고, 그래서인지 사적인 내용은 특히 쉽게 잊어버린다.

남이 했던 이야기도 잘 잊어버리는가 하면, 내가 이전에 했던 말도 처음인 듯이 말한다. 나를 잘 아는 사람들은 그냥 모른 척 처음 듣는 것처럼 반응해주곤 해서, 뒤늦게 깨달은 나는 주변 사람들에게 미안한 마음을 갖게 된다. 이

러다가 정말 소중한 것을 잊어버리는 건 아닌지 무서워질

때가 있다.

나름대로 맞는 말

아이들에게 엄마는 전부다. 엄마는 그 자체로 아이들의 세계다. 그러니 아이들은 속상한 일이 생길 때마다 엄마를 찾을 수밖에 없다. 아이들은 수시로 "으아앙, 엄마 보고 싶어."라며 엄마를 찾는다. 그러면 선생님들은 "엄마가 많이 보고 싶었구나. 선생님이 안아줄게." 하며 아이 마음을 다독여주려 한다. 그러던 어느 날, 아이들의 "엄마 보고 싶어."라는 말에 한 선생님이 "선생님도 엄마 보고 싶어."라고 대답했다. 그 말을 들으며 나는 고개를 끄덕였다. 그래, 선생님들도 힘들 땐 엄마가 생각난단다.

동물원

아이들과 과천 어린이동물원에 간 날. 양 먹이주기 체험을 하기 위해 자판기에 돈을 넣고 양이 먹을 잡초를 구입했다. 교사가 먼저 아이들 앞에서 먹이주기 시범을 보여야 해서 내가 양에게 잡초를 내밀었는데, 내 손 가까이 입을 들이대는 양을 보자 그만 겁이 나 "으악!" 하고 소리를 지르고 말았다. 양이 내 손을 물기라도 할까봐 겁이 났던 것이다. 아이들은 이런 날 보며 꺄르르 웃어댔다. 같은 반을 맡은 메이트 선생님이 그날의 내 모습을 포착해 사진으로 남겨주었다.

오랜만에 사진첩을 뒤져보다 발견한 이 사진 한 장으로 많은 추억이 떠올랐다. '나란 사람은 아이들과 있을 때 가장 행복한 표정이구나.' 하는 것도 다시 한 번 느꼈다.

일하는 엄마

어린이집이 문을 여는 오전 7시 30분. 부랴부랴 아이를 등
원시키고 인사도 제대로 나누지 못한 채 출근하는 엄마들
을 보면 마음이 짠하다. 그러다가 어둡고 조용한 밤에 지
친 얼굴로 돌아온 엄마와 함께 하원하는 아이를 보면 모두
가 안쓰러워진다.

나의 네모나고
조그만 공간

어린이집 교사로 일한 4년의 시간 동안 화장실에 가고 싶다는 생각이 들 때 바로 갈 수 있었던 적은 거의 없었다. 혼자서 아이들을 보고 있는 경우에는 교실을 비울 수 없고, 다른 교사와 함께 있더라도 아이들을 돌볼 손이 부족한 경우에는 화장실에 가기 어렵다. 그러다 아이들이 잠을 자거나 여유 시간이 생기면 기회를 놓치지 않고 화장실로 직행한다.

화장실에서 나는 간단한 스트레칭을 하며 굳어 있는 몸을 풀기도 하고, 너무 지칠 때는 잠시 멍하니 앉아 있기도 한다. 가끔은 애쓰며 일하는 나에게 응원의 말을 던지기도 한다. (몇 시간만 있으면 퇴근이야. 힘내자.) 타인의 시선이 없는 네모나고 조그만 공간이 없었다면 내가 지금까지 버틸 수 있었을까.

우리도
아이였을 때가 있었지

아이들을 보고 있으면 순수하고 때 묻지 않아 사랑스럽기만 하다. 어른이 되어버린 우리들. 한때는 아무것도 모르는 아이였으나 시간이 흐름에 따라 몸과 마음이 커져버렸다. 여러 가지 시행착오를 경험하며 우리는 눈치라는 게 생기고, 그러면서 순수함은 조금 줄어들었지만 그렇다고 우리들이 사랑스럽지 않다는 건 아니다. 사회 안에서 보통의 존재로 살아가려 애쓰는 우리 어른들도 사랑받아야 마땅하다.

면담

1년에 두 번 학부모 면담 시간을 가진다. 면담은 학기 초와 학기 말에 한 번씩 이루어진다. 학기 초 면담은 아이가 새로운 반에 잘 적응할 수 있도록 부모가 교사에게 아이에 대한 세세한 정보나 습관을 알려주는 시간이다. 학기 말 면담은 교사가 1년 동안 지켜본 아이의 성장 상황, 어른의 도움이 필요한 부분에 대해 부모에게 전달하는 시간이다.

아이들마다 어른의 관심과 도움이 필요한 부분이 존재한다. 나는 가능하면 학부모의 기분이 상하지 않도록 조심스럽게 이야기하려 애쓴다. "바쁘시겠지만 엄마, 아빠가 아이와 좀 더 많은 시간을 갖고 애착을 형성할 수 있도록 도와주세요." 혹은 "엄마가 형만 좋아한다고 생각하는 경향이 있는데 아이와 일 대 일로 함께하는 시간을 가져주시면 어떨까요?"라고 말하면서.

매번 놀라는 건 사실 대부분의 부모가 자신들의 아이에게 가장 좋은 게 무엇인지 이미 알고 있다는 점이다. 하지만 현실적인 이유로 해주지 못할 때가 많다. 그리고 보면 어쩌면 양육이라는 건 다이어트처럼 이론적으로는 잘 알면서도 실천하기 어려운 게 아닌가 싶다.

더 나아가 교사가 부모에게 이런저런 조언을 하는 게 의미가 있나 싶다. 과연 교사가 부모에게 그럴 권한이 있나. 낳아서 기르고 있는 사람에게 타인이 조언을 한들 그 사랑을 헤아리지는 못할 것이다.

마음 안에
담아둔다는 것

나에게는 존경하는 고등학교 선생님이 있다. 대학생 때까지 선생님과 인연의 끈을 놓지 않으려고 용기 내어 연락도 드리고 따로 뵙기도 했지만, 취업을 하고 20대 후반이 되니 연락을 드리는 일이 점점 뜸해진다.

어느 날 선생님의 기분을 헤아려본 적이 있다. 매년 학생들에게 정을 주고 추억을 만들지만 다음 해가 되면 학생들을 떠나보내야 한다. 선생님은 오랜 세월 동안 수많은 이별 앞에서 어떻게 담담하실 수 있었을까. 생각만으로도 너무나 아쉽고 공허한데. 떠나간 학생들을 자신의 가슴에 묻

어두고 사시는 걸까.

어느덧 시간이 흘러 나 역시 아이들을 돌보고 가르치는 교사가 되었다. 교사로서 나는 마음을 다해 아이들을 돌보고 있다. 아이들이 새로운 말과 새로운 행동을 배우고 바르게 자라가는 모습을 지켜보며 내가 줄 수 있는 최대한의 정을 내어준다. 그러다 매년 2월이 되면 아이들과 헤어질 준비를 한다. 한 해가 마무리되는 시간이 다가오면, 아이들 앞에서는 언제나 웃고 있었지만 속으로는 슬펐고, 이별 준비라는 것을 했다. 아이들이 새로운 반으로 가거나 다른 곳으로 가면 봄 동안 내내 아이들을 그리워하다가 마음속에 곱게 접어 담았다.

나는 이제야 선생님의 마음을 조금 이해할 수 있을 것 같다. 누군가와 정을 나누고 담담하게 떠나보내는 과정이 반복되는 일. 교사란 그것을 받아들이며 살아가는 직업이겠지.

그리운 나의 선생님. 잘 지내시는지, 아픈 곳은 없으신지 오랜만에 연락 한 번 드리고 싶다.

사람이
사람을 구해

예전에는 혼자 있는 시간을 좋아했다. 사람들을 만나면 왠지 모르게 긴장이 되고 얼마 없는 에너지가 조금씩 소모되는 느낌에 힘이 들었다. 혼자 노래를 듣고, 산책을 하고, 책을 읽으며 고독하게 지내는 시간을 좋아했다. 그때는 사람에 대한 애정이 무엇인지 몰랐다. 그저 나만의 세상에서 조용히 있고 싶었다.

나와 마음 맞는 친구는 손에 꼽을 정도로 적었다. 나는 얼마 없는 친구들과 깊이 있게 만나는 걸 좋아했다. 사실 그 시절의 우정에 깊이가 있었는지는 확신할 수 없지만. 나는 자주 혼자였고 정적인 시간을 보내면서 수시로 우울했다. 우울한 감정 안에 들어가 있기를 좋아했는지도 모른다.

대학을 졸업하자마자 사회생활을 시작했다. 운이 좋게도 회사에서 좋은 사람들을 많이 만났다. 각박하다고만 생각한 서울에도 따듯하고 정 많은 사람들이 있었다. 그들을 보면서 사람이 좋아지기 시작했고, 사람의 힘에 대해서도 느낄 수 있었다. 그때부터 주변을 둘러보기 시작했다. 언제나 그랬듯이 가족과 친구들이 나를 지지해주고 있었다. 혼자 있는 시간은 여전히 나에게 중요하지만, 이제는 좋은

사람들과 함께하는 시간도 즐기게 됐다. 한 가지 작은 소
망이 생겼다면, 나 역시 그들에게 함께 있고 싶은 사람이
되고 싶다는 것이다. 이럴 때 보면 사람만이 사람을 구할
수 있는 것 같다.

▲
나라는
선배는

좋은 선배가 되고 싶었다. 공적으로도 사적으로도 멋진 선배. 때로는 카리스마 있게 조언해줄 수 있는 선배가, 때로는 의지하고 싶은 선배가 되고 싶었다. 현실은 공적으로도, 사적으로도 쭈뼛쭈뼛했다. 내가 이렇게 쭈뼛쭈뼛한 사람이었다니.

좋은 선배가 되고 싶어 《직장생활백서》라는 책을 산 적도 있다. 물론 끝까지 읽진 않았지만, 좋은 선배가 되기 위한 작은 노력이 있었다는 것이다. 이런 노력에도 불구하고 좋은 선배가 되는 일은 매번 어렵기만 했다. 결국 나에게 필요한 것은 이론 공부가 아니라 이런저런 경험과 시도를 통해 좋은 선배가 되는 방법을 스스로 터득하는 것이었다. 부드럽게 조언해보기도 하고, 시범을 보여주기도 했다. 먹을 것을 건네보기도 하고, 개인적인 일에 대해 함께 고민하기도 했다. 시간이 많이 흘러 나와 후배는 조금씩 성장했고 마음은 한결 편안해졌다.

직장인의
점심시간

휴가를 쓰고 평일 낮 시간을 여유 있게 즐긴 날. 직장인들에게는 한창 점심시간일 12시 즈음에 광화문 일대를 걸었다. 그곳은 목걸이형 사원증을 걸고 걸어 다니는 사람들로 가득했다. 나는 그들을 신기하게 바라보았다. 그들은 활력이 넘쳐 보였다. 그들을 보며 보육교사들의 점심시간이 떠올랐다.

일반 직장인들에게는 매일 규칙적으로 한 시간 가량의 점심시간이 보장되지만, 보육교사는 아이들과 함께 허겁지겁 먹는 경우가 태반이다. 내 경우, 점심시간에 아이들의 연령에 따라서 적게는 다섯 명 많게는 열 명을 맡아 함께 먹어야 한다.

점심시간이 시작되면 오늘의 식사 메뉴가 무엇인지, 식재료마다 우리 몸에 어떤 순기능을 주는지 설명해준다. 아이들이 먹는 모습을 바라본 뒤 내가 먹을 밥을 배식 받는다. 오늘도 체하지 않게 먹어야지, 하는 한 번의 심호흡과 다짐. 하지만 밥 한 숟갈을 씹어 삼킬 새도 없이, 밥을 먹지 않고 가만히 있는 아이, 반찬을 흘린 아이, 화장실에 가고 싶다는 아이까지 챙기며 열 명을 두루 살펴야 한다.

사실상 어린이집 교사들은 점심 식사로 맛있는 음식을 먹고 싶다는 바람보다는 급하게 먹다가 체하지 않기를, 오후에 일하는 동안 배고프지 않기를 바랄 뿐이다. 어린이집 선생들이 오늘도 속 편하게 식사할 수 있기를, 쉬는 날 광화문 한복판에서 기도했다.

야근

아이들의 하루 일과가 마무리되고, 하늘은 어둑어둑해지고, 교사실은 점점 조용해지고, 선생님들의 손은 빨라진다. 내일 혹은 다음 주에 있을 수업 준비를 하느라 집에 가지 못하고 있는 것이다. 수업 교구 만들기에 이어, 내야 할 서류는 얼마나 많은지. 매년 올해까지만 하고 그만둘 거라며 동료들과 웃으며 말해보지만, 아이들이 좋아 계속 버티고 있다. 다들 그런 마음이겠지.

이해

때때로 학부모들은 미혼인 나에게 "선생님은 애를 안 키워봐서 제 마음 모를 거예요."라는 말을 하곤 했다. 그 말은 틀림없이 맞는 말이다. 내가 아이를 낳아보지 않았기 때문에 엄마들의 마음을 100퍼센트 이해하기란 불가능하다. 그럼에도 불구하고 한편으로는 서운했다. 엄마의 입장이 어떨지 이해하려는 노력은 그치지 않는다고 자부했기 때문이다.

그런 나에게 몇 년 전 사랑스러운 조카가 생겼다. 조카는 기어 다니다가 걷기 시작하고, 제법 말을 할 수 있게 되었

으며 어느덧 세 살이 되어 어린이집에 다니게 되었다. 그
리고 그제야 나는 엄마들이 나에게 했던 그 말을 조금 이
해할 수 있게 되었다.

만약 내 조카가 어린이집에서 친구에게 깨물리고 왔다면
난 어떤 마음이 들까. 선생님이 깨문 건 아니지만 그래도
그 순간에 함께 있었던 선생님을 조금은 원망하겠지. 선생
님이 내 조카에게 과하게 훈육을 한다면 무슨 생각을 할
까. 우리 조카는 예쁘고 착하기만 한데 혼날 게 뭐가 있지?
라며 선생님을 탓할 것이다.

나에게 아이가 생긴다면, 그때야말로 그렇게 말하는 엄마들을 100퍼센트 이해할 수 있을까. 어쩌면 나 역시 어린이집 선생님에게 "선생님은 애를 안 키워봐서 제 마음 모를 거예요."라고 말하는 엄마가 되어 있을지도.

과연

일을 하다가 잠깐이라도 여유가 생기면 한 번씩 하는 고민이 있다. 과연 이 일이 나에게 최선인가. 나라는 사람에게 더 적합한 일은 없을까. 그러나 몇 번을 생각해도 도통 떠오르는 일이 없다는 게 현실이다. 그러고는 다시 체념의 굴레에 빠져 하던 일을 계속한다.

나는 다람쥐반 선생님일까. 아님 쉼 없이 쳇바퀴 위만 달리는 다람쥐일까.

사막에 오아시스가
없다면

자고로 직장인에게 휴가란 사막의 오아시스 같은 것. 오아시스에서 쉬다가 출근한 어떤 동료는 떠나기 전과 달리 뽀얀 피부에 인자한 미소로 돌아왔다. 모두들 이렇게 틈나는 대로 오아시스의 물을 입술에 축이며 고된 회사 생활을 버티는가보다.

말

그런 사람이 있다. 똑같은 말을 해도 듣는 사람의 기분을 한 포인트 거슬리게 하는 사람. 그 사람의 입에서 나오는 말은 일정한 필터를 거쳐서 나오는 걸까. 부드럽게 말해도 충분히 이해할 수 있는 말을 굳이 듣기 불편하게 말하는 것을 보면 내 기분이 상하기도 하지만 참, 그 사람이 안타깝기도 하다.

카운트다운

일을 하다가 수시로 하는 생각. 오늘이 무슨 요일인가. 주말까지 며칠이 남았나. 카운트를 센다. 오늘이 화요일이니까 수, 목, 금. 3일만 버티면 주말이네. 그리고 이어 드는 생각. 하- 아직도 3일이나.

해가 지면서
일어나는 일들

해가 지기 시작한다. 창문 너머 보이는 해가 한 뼘씩 내려갈 때마다 내 몸은 너덜너덜해진다. 다리는 후들거리고, 목은 뻐근해진다. 입술색은 자취를 감춘 지 오래고, 화장은 두둥실 떠다닌다.

토요일 근무

내가 일하는 곳은 주 5일제로 평일에만 근무를 하지만, 한 달에 한 번은 토요일 근무를 해야 한다. 평일에는 교사들의 근무 시간표가 모두 다르기도 하고 누군가는 아이들과 함께 있어야 해서 교사들이 한자리에 모이는 것이 불가능하기에 토요일에 날을 잡고 모이는 것이다. 토요일 근무날에는 교사들과 원장님이 다 같이 모여 어린이집 전반에 대한 회의를 한 시간 정도 나누고 남은 시간에는 대청소를 하거나 행사가 있는 경우 행사 준비를 한다.

모두 한자리에 모이기 어려운 직장이기에 토요일 근무의

필요성을 인정하지만, 토요일 근무가 있는 주면 월요일부터 금요일까지 마음이 무겁다. 단지 오전 4시간이지만, 토요일 근무를 하고 나면 토요일이 삭제되는 느낌이기 때문이다. 주 5일제 직장인에게 이틀의 휴식이 얼마나 소중한가.

이직에 대한 고민

매년 말이 되면 교사들은 원장님과 일 대 일 면담을 한다.
지나간 한 해를 마무리하고 다가올 한 해를 함께 계획하는
의미에서 대화의 시간을 갖는 것이다. 이 시기가 되면 교
사들은 자신에게 주어진 상황에 따라 이 일을 계속해야 할
지, 다른 일을 알아봐야 할지 고민한다. 나 역시 매년 겨울
이 되면 마음이 심란하다. (사실 모든 계절 심란하지만.) 보육
교사라는 직업이 나에게 천직이라고 생각하는 한편 수시
로 육체적인 한계에 부딪혀 겨우겨우 버티는 느낌이 들 때
가 있기 때문이다.

이 일을 계속해야 할까. 계속하지 않는다면 무슨 일을 하며 밥벌이를 하나. 내가 가지고 있는 건 뭘까. 이 질문에 대한 대답으로 그 어떠한 자격증도, 기술도 떠오르지 않는다. 내세울 거라곤 보육교사로 일한 4년의 경력과 최근에 1급으로 승급한 보육교사 자격증.

글쓰기, 사진 찍기, 요리 등 소소하게 즐기는 취미는 있지만 취미는 취미일 뿐. 취미를 넘어 직업이 될 만한 무언가를 새로 배워볼까 생각도 했지만 익숙하지 않은 분야에서 1년차로 다시 시작한다는 것은 이미 기존의 직장에서 경력을 쌓은 사람에게 쉽지 않은 일이다.

연말마다 일 대 일 면담 시기가 다가오면 매년 같은 고민을 하고, 같은 결론을 내렸다. 그러고는 같은 말을 읊는다.

"저에겐 아무 일도 없어요. 결혼 계획도, 이사 계획도, 이직 계획도 없습니다. 내년에도 잘 부탁드려요."

I read
therefore
I am

piece

우리 언제
만나면 좋을까

잘 지내냐며 정말 오랜만에 반가운 친구에게 연락이 왔지만 "다음에 시간 맞춰 밥 먹자."라고만 말했다. 그날의 나는 너무나 피곤했고, 앞으로의 나도 피곤할 것 같아서. 언제 한 번 만나자는 말에 구체적인 날짜를 잡지 않고 얼버무렸다. 이번 주 주말도, 다음 주 주말도, 그다음 주 주말도 나 스스로에게 휴식이 필요할 것 같아서. 도무지 친구를 만날 날을 잡을 수가 없었다.

사생활

남자친구는 있냐는 둥, 퇴근하고 어딜 가냐는 둥, 친하지 않은 동료들이 많은 자리에서 꼭 개인적인 질문을 서슴없이 하는 사람이 있다. 타인에게 알리고 싶지 않은 사적인 내용을 당연하다는 듯이 물어볼 때면 그때마다 내가 느끼는 당혹감은 어디 숨겨야 할지 모르겠다.

저도 사생활이라는 것이 있는데요.

인정받고 싶어서

괜히 일찌감치 출근해 출근 카드를 찍어본다. 할 일도 없
으면서 느긋하게 퇴근하고 조금이라도 늦게 퇴근했음을
기록으로 남겨본다. 1년에 한 번 있는 직무 관련 이론 시험
에서 높은 점수를 받기 위해 밤을 새워 공부해본다. 무엇
을 위해 이러는지, 참.

다른 사람이 아닌, 내가 나에게 애썼다고 인정해주는 그런
하루하루를 보내고 싶다는 생각을 한다.

회의 시간

원장님과 선배 선생님들이 한자리에 모인 회의 시간. 그날은 내가 직장인이 되고 나서 첫 회의가 있는 날이었다. 선생님들은 돌아가며 계획안을 발표했는데, 주로 한 달 동안 아이들에게 어떤 놀이와 놀잇감을 제공해줄지에 대한 것이었다. 내가 발표할 차례가 돌아왔고, 분명 며칠 전부터 야근을 해가며 나름대로의 준비를 했건만 언제나 어설프기만 한 1년차 직장인은 선배들 앞에서 버벅거리다 며칠간의 수고를 헛된 것으로 만들어버렸다. 이렇게 해도, 저렇게 해도 어설픈 것을 어찌하나.

생의
첫 번째 선생님

어느 해의 2월, 1년 동안 돌본 아이를 보내줄 시간이 왔다. 한 아이 엄마가 정성스런 편지를 써주셨다. 무려 두 장이나, 빼곡히 채워서. '우리 아이 생의 첫 번째 선생님 감사합니다.'로 끝나는 이 편지를 읽고 나는 눈물을 흘리고야 말았다.

'아, 나는 누군가의 생의 첫 번째 선생님일 수 있구나.' 그렇게 나는 다시 한 번 교사로서의 의미를 다지며 애틋하고 감사한 시간을 가졌다.

우리들의
달라진 얼굴

입사할 때 찍은 증명사진을 보고, 다시 거울을 봤다. 직장
생활을 하면서 내 얼굴이 확 늙어버린 걸 깨달았다. 분명
입사할 때까지만 해도 앳된 대학생 얼굴이었는데 말이다.
놀라운 건 나뿐만 아니라 옆에 있는 입사 동기들까지 변해
버렸다는 것. 뽀얀 피부는 푸석해지고, 입가엔 팔자주름이
선명해지고, 화장으로도 가릴 수 없는 다크서클이 생겼다.
왠지 머리숱도 적어진 것만 같아 불안해진다. 동기들아,
우리 좀 천천히 늙을 수 없을까?

나와 잘 맞는 동료를 만난다는 건
엄청난 행운이야

오랜만에 친구에게 전화가 왔다. 그녀는 당장이라도 회사를 그만두고 싶다고 했다. 같이 일하는 동료가 업무 스타일이나 성향 면에서 자신과 너무나 맞지 않아 자꾸만 부딪히는데, 이제는 참을 수가 없을 정도라고 했다. 이런 일은 매년, 여러 명의 친구에게, 그리고 나에게도 흔하게 일어나곤 한다.

생각해보면 내가 일하는 회사가 마음에 드는 순간은 그곳의 일이 편하기보다는 함께 일하는 사람들이 나와 잘 맞을 때였고, 회사를 관두고 싶을 때는 일이 힘들다기보다는 같이 일하는 사람들과 불협화음을 낼 때였다. 이렇게, 함께 일하는 사람이 참 중요하다. 회사라는 곳은.

스트레스는
어떻게 풀어야 하나?

포털사이트의 검색창을 열어 '스트레스 해소하는 방법'을 찾아본다. 유용한 정보가 많아 보이는 블로그를 차례차례 들어간다. 여러 블로그에서 소개하는 스트레스 해소 방법을 읽어보고는 '아, 뭐 획기적인 것 없나.' 생각하다가 이내 핸드폰 화면을 꺼버린다. 회사에서 받는 이 감당할 수 없는 커다란 스트레스를 도대체 어떻게 풀어야 할까. 직장생활을 하는 내내 내 어깨 위에 있는 스트레스라는 녀석이 너무나 버겁기만 하다.

새로운 직장으로 옮긴 뒤 함께 합을 맞춰야 할 새로운 직장 동료들에게 적응할 시간이 필요했다. 새로운 환경, 그곳의 문화와 분위기를 파악해가며 나는 쉽게 해소할 수 없는 스트레스를 받았다. 집에 가서 몇 번을 울다가, 어느 날은 미용실로 직행해버렸다. 몇 년 동안 기른 머리를 과감하게 잘라버렸다. 다음 날, 회사 사람들은 나에게 왜 머리를 잘랐느냐고 물었다. 나는 그저 긴 머리가 관리하기 어려워서 잘라버렸다고 말했지만, 사실은 당신들 때문이었다.

할부

한 예능 프로그램에서 진행자가 길거리에 지나가는 시민을 대상으로 질문을 했다. "직장에서 그만두지 않고 오래 일하려면 어떻게 해야 할까요? 신입사원을 위해 한마디 해주시죠." 자신의 직장에서 오래 근무했다는 직장인이 말했다. "제 비결은 신용카드 할부로 무언가를 사는 거예요. 꾸준히 내야 할 돈이 있으면 직장에서 아무리 힘들어도 감사하면서 일할 수 있게 되거든요. 하하."

나도 12개월 할부로 신용카드를 긁었다. 긁어야 했다. 앞으로 12개월은 잡생각 없이 버틸 수 있을 테지.

피곤해

평균 9시간의 일, 최소 1시간의 야근, 왕복 2시간의 출퇴근. 돈을 벌고, 남들처럼 사람답게 살기 위해서는 이렇게 매일 열두 시간 정도를 버텨야 한다. 당연히 피곤할 수밖에 없는 나날들이지만, 그래도 돈을 받고 일을 하기에 정신을 차려야 한다. 잠을 깨기 위해, 더 나은 체력의 소유자가 되기 위해 노력해야 한다. 매일 커피를 마시고, 비타민 C를 챙겨 먹고, 직접 홍삼 엑기스를 사 먹었다. 그런데도 내 몸이란 녀석은 도무지 나아지질 않는다. 더 이상 뭘 먹어야 할지 모르겠다.

아플 때

아침에 눈을 뜨고 몸을 천천히 일으키는데 누군가에게 때려 맞은 듯이 온몸이 쑤시고 아팠다. 감기 몸살 같았다. 담임교사로서 한 반을 맡고 있기 때문에 내가 심하게 아프다고 당일 아침에 연차를 쓸 수는 없었다. 아파도 묵묵히 출근을 했다. 꿋꿋이 일을 하고, 맡은 일은 모두 마무리한 뒤 퇴근해야 했다.

자취 생활을 하는 나는 집에서도 스스로를 잘 챙겨야 하지만, 직장에서는 더욱이 내 몸을 살뜰히 챙겨야 한다. 다들 바쁘게 일하느라 서로의 건강 상태를 체크해줄 수도 없을 뿐더러, 회사에서 아프다고 티를 내는 것은 동료들에게 민폐가 아닐 수 없기 때문이다. 체온계로 아이들의 열을 체크하며 내 열을 체크했더니 38.5도를 웃돌았다. 열이 높지만 별수 있나.

오전 내내 정신력으로 버티다가 아이들이 낮잠을 자는 잠깐 동안 같은 반 교사에게 자고 있는 아이들을 맡기고 회사 근처 병원으로 재빠르게 걸어갔다. 의사 선생님께 진찰을 받는데, 감기 몸살은 쉬어야 낫는다며 집에 가서 휴식을 취하라고 한다. 나는 쉴 수 없는데, 자꾸만 쉬라고 하는 의사 선생님이 야속하기만 했다.

약국에서 약을 받아 그 자리에서 먹었다. 다시 회사로 가는 길에 생각했다. 아프면 안 돼. 건강한 상태로 하루 종일 일하는 것만으로도 힘든데, 아프니까 더 힘들잖아. 아프지 말자. 제발 아프지 말자.

못하는 척

입사하기 전에는 내가 잘하는 것이나 회사에 기여할 수 있는 무언가로 자기소개서를 가득가득 채워 넣었는데, 막상 입사하고 나니 무언가 잘하는 사람을 찾을 때 꿀 먹은 벙어리가 된다. 무언가를 잘하는 걸 남들이 알면 일이 많아진다는 걸 알게 된 순간부터 소극적으로 변해버렸다. 잘 모르는데, 잘 못하는데….

오래 버틴다는 것

처음 입사한 어린이집은 규모가 큰 편이라 신입 교사가 바로 정교사가 될 수 없고 1년 동안 인턴으로 일한 뒤 정교사가 될 수 있는 시스템이었다. 눈치와 열정이 강요되는 고된 인턴의 시간이 끝나고, 나와 동기들은 무사히 정교사가 됐다. 그즈음에 복도에서 만난 10년차 선배 교사가 말했다. "축하해요. 이제 버티는 일만 남았네?"

하지만 그땐 몰랐다. 버틴다는 것이야말로 얼마나 어려운 일인지.

몇 달 전부터 기대한 일본 여행이었다. 연차 휴가를 썼다. 동료들은 내가 일본에 간다는 걸 알고 있었다. 일본에 가면 어떤 음식이 맛있고, 무엇을 사 와야 하는지 얘기하며 동료들은 덩달아 신이 나 있었다. 분명히 휴가를 떠나기 전날, 여행 잘 다녀오라고, 잠시 회사는 잊으라고 그랬다. 그러나 일본 공항에 도착하고 포켓와이파이를 켜자마자 알람이 시끄럽게 울리기 시작했다. "선생님, ○○파일 어디 있어요?" "○○행사는 어떻게 할까요?" 꼭 이 순간, 꼭 나에게 물어보지 않아도 되는 질문을 해왔다.

그거 꼭 저한테 물어봐야 하는 거예요? 제가 해야 할 일은 야근을 해서라도 다 해놓고 왔어요. 그럼 연락할 일 없을 줄 알았어요. 근데 이게 뭐예요. 어제 한 얘기랑 다르잖아요. 회사는 잊으라더니….

월급 받는 날

매월 25일 월급이 들어오는 날, 동료는 틈만 나면 핸드폰을 부여잡고 돈이 들어왔는지를 살핀다. 그녀가 "이번 달 월급 들어왔던데, 봤어?"라고 말한 순간이 되어서야 나는 은행 어플에 들어가 달라진 잔고의 숫자를 확인한다. 이 숫자가 나의 푸석한 피부와 늘어가는 주름, 스트레스와 예민해진 성격, 다리 저림과 허리 통증, 줄어든 나의 사적인 시간에 대한 보상인가. 그렇다면 나는 좀 적게 벌고 싶은데. 물론 생각만 했다.

관계

모든 사람이 각자의 성격과 성향을 가지고 있듯 학부모들도 마찬가지다. 자신의 아이를 맡긴 선생님을 신뢰하고 감사한 마음으로 대해주시는 분들이 있는가 하면, 선생님이 자신의 아이만 잘 봐주기를 바라며 어린이집 특성상 공동생활에서 들어주기 어려운 온갖 요구사항을 던지고 가는 분도 있다. 직장 생활에서 가장 힘든 건 일이 아니라 사람과의 관계인데, 그렇다면 교사들에게 제일 어려운 건 학부모가 아닐까. 딱히 미워할 수도 없고, 딱히 사랑할 수도 없는 관계.

결국 나는
뭐가 되고 싶은 걸까

보육교사 경력을 2년 채운 어느 날, 상사에게 혼이 났다. 내 나름대로는 열심히 한다고 했는데, 열정이 없어 보인다는 말을 들었다. 꿈이 있느냐는 말을 들었다. 그래, 열심히만 했지, 사실 꿈이란 건 없었다. 자신의 직장에서 단순히 일하는 행위를 넘어 큰 포부나 꿈이 있는 사람이 얼마나 될까? 주변 동료들에게 앞으로 이 일을 몇 년이나 더 할지, 결국에는 뭐가 되고 싶은지 물어보면 쉽게 대답하는 사람이 없었다. 꿈이 없다면, 미래에 대한 큰 그림이 없다면, 지금 내가 하는 일과 내가 맞지 않는다는 말일까?

실수라는 불청객을
집으로 데려가는 날이 있다

회사에서 실수를 했다. 실수를 하고 나면 다음에는 그러지
말아야지, 생각하고는 중심을 찾아 돌아와야 하는데, 거
기에 얽매여 집에 와서까지 스스로를 책망했다. 며칠 동
안 자책하다 시간이 아주 많이 흘러서야 나아졌다. 아, 나
에게 관대해지고 싶은데. 반성은 해야 하지만 실수했다는
사실에는 쿨해지고 싶다. 이럴 때마다 수십 번 되풀이하며
다짐한다. 나를 괴롭히지 말자.

그녀가 집에 가지
않는 이유

평범하게 흘러가는 어느 평일 저녁이었다. 오후 9시에 가까운 시간이라 저녁보다는 밤이라는 표현이 적절하겠다. 나는 그때 신입 교사였고, 그날은 야간 당직을 서는 날이라 밤 10시까지 근무해야 했다. 아이들은 모두 집으로 돌아갔고, 어둑해진 하늘 때문에 어린이집 내부까지 음산한 기분이었다. 교사실에는 당직자인 나와 선배 교사 한 명이 남아 있었다. 내가 "선생님은 왜 집에 안 가세요?" 묻자 선배가 대답했다. "주말에 일 안 하려면 평일에 다 해놔야죠." 난 그날 알게 된 것 같다. 직장 생활의 현실이란 것을.

나도 정시 퇴근이란 걸
해보면 좋겠다

퇴근이 가까워질 무렵, 내가 일하는 회사 근처에 볼일이 있어 왔다며 퇴근 후에 함께 저녁 식사를 하자는 친구의 연락을 받았다. 회사 앞에서 7시에 만나기로 약속하고 그 날 나에게 주어진 모든 업무를 7시 정각까지 처리해냈다. 그런데 갑자기 예정에도 없던 회의가 잡혔다.

"다들 약속 있는 거 아니죠?"

"아닙니다. (약속이 없어도 없고, 있어도 없습니다만.)"

결국 약속한 시각에서 40분이 지나서야 계단을 떼굴떼굴 구르듯 내려가 친구에게 다다랐다. 그곳엔 이미 기분이 상해버린 친구가 팔짱을 낀 채로, 그럼에도 사회생활을 하느라 고생했다며 어쩔 수 없이 나를 이해하는 눈빛을 하고 기다리고 있었다.

Leave Work

퇴근

문득 다른 사람의 행복을

부러워하다 깨닫는다.

각자에게만 주어진

행복이 있다는 것을.

저녁 무렵 퇴근 시간이 다가오자 동료들이 자연스럽게 눈치게임을 시작했다. 누가 먼저 퇴근할 것인가. 선배는 왜 퇴근 준비를 안 하는 건지. 원장님은 왜 오늘따라 남편분께 늦게 갈 거라고 전화하시는 건지.

눈치게임 시작,

1!

2!

3!

4!

눈치게임을 하며 우리들은 각자의 눈치대로, 나름의 차례대로 퇴근을 했다.

그녀들의 변신

퇴근할 시간이 다가오면 다들 화장실로 모인다. 화장실은 출퇴근 시간마다 교사들의 탈의실과 파우더룸이 되어준 다. 일하는 동안 아이들의 콧물와 침이 묻은 작업복을 벗 어 종이가방에 고이 담아두고 출근할 때 입고 온 쾌적한 옷으로 갈아입는다. 이때 교사들은 새로운 사람으로 다시 태어난다. 옷을 갈아입으면 화장을 고친다. 화장품 파우치 를 꺼내 무너져 내린 피부 화장을 수정하고 눈 밑으로 번 져버린 아이라인을 섬세하게 닦아낸다. 사라져버린 입술 색을 되찾기 위해 붉은 립스틱을 바른다. 혈색을 찾는다.

그러고는 만족스러운 표정으로 거울을 바라본다. 마치 "이게 진짜 나지."라고 말하는 듯이.

해방감

퇴근하는 길, 커피 잘하는 카페에서 내린 플랫화이트 한 잔. 그대로 원샷 하면 힘들었던 하루로부터 완전히 벗어날 수 있을 것 같은 기분이 든다. 오늘 아무 일도 없었다는 듯이.

뜻밖의 위로

덥지도 차갑지도 않은 적당히 미지근하고 부드러운 바람이 두 뺨과 머리카락을 스쳐 지나갔다. 오늘도 살아내느라 애썼다고 위로라도 해주는 듯이.

확신 있는 삶

지하철을 타고 회사로 가는 길. 문득 '확신'이라는 단어가 떠올랐다. 확신이 있는 삶을 산다는 것은 얼마나 단단한 느낌일까. 확신이 있는 관계를 지속한다는 것은 얼마나 안정적인 마음일까. 그런데 요즘의 나는 왜 그렇게 모든 것에 확신이 없는 걸까. 복잡한 생각을 안고 지하철에서 내려 바쁜 하루를 보냈다.

퇴근길, 시끄러운 지하철 안에서 양심도 없이 친구에게 전화를 걸었다. 내가 확신이 없는데 어떻게 해야 할까? 나는 소음과 시름 가득한 퇴근길 지하철에서 인생을 논하며 물었고, 그녀는 친절하게 대답해줬다. 자신을 포함한 보통의 사람들은 뚜렷한 확신 없이 살고 있으며, 확신 있게 누군 가를 만나고 살아가는 것은 원래 어려운 일이라고. 언제나 그랬듯 무덤덤하되 진심으로 말해주었다. 이제 좀 괜찮아 졌냐는 친구의 물음에 도움이 되었다고 대답했다. 집으로 돌아온 나는 조금 편안한 마음으로 잠들었다.

⌂

노을을 볼 수 있는
여유와 감성

하루 고민의 2할을 차지하는 것이 있다. 퇴근 수단으로 조금 느리더라도 분홍색 노을을 보며 앉아서 가는 버스를 탈까. 집으로 일찍 데려가주지만 까만 창문을 바라보며 자리가 날세라 신경을 곤두세우게 되는 지하철을 탈까. 남몰래 내적 갈등이 일어난다. 오늘은 고된 업무로 지쳐버린 나를 달래주고 싶어 지하철 대신 버스를 택했다. 버스에 앉아 창밖을 바라보니 기대했던 분홍색 하늘이 내게 인사해준다. 오늘도 애썼고, 수고했어. 인생도 마찬가지 아닐까. 조금 느리고 돌아가더라도 노을을 볼 수 있는 여유와 감성이 있다면 그게 행복 아닐까.

소소

퇴근 후 집에서 가까운 카페에 들렀다. 편안한 소파에 몸
과 마음을 기대앉았다. 며칠 전부터 있었던 일을 좋아하는
연필로 사각사각 적어 내려갔다. 이런 일, 저런 일 참 많았
구나. 그저 익숙한 노래를 들으며 일기를 쓰는 건데 회복
이 된다. 회복과 행복. 이렇게 소소한 행동으로도 이루어
질 수 있는데.

열쇠의 무게

아침 7시 30분부터 밤 10시까지 운영되는 어린이집에서 일할 때였다. 교사들은 오전 당직, 야간 당직, 일반 근무 시간으로 나누어 근무했다. 어느 날, 야간 당직 근무를 하는 날이라 밤 10시까지 남아 있는 아이들을 돌보고 어린이집 전반을 점검한 뒤 지친 몸을 겨우 이끌고 집으로 돌아왔다. 밤 11시쯤 집에 도착해서는 외투를 벗으려다 주머니에 손을 넣었다. 그런데 그 순간, 퇴근하고 돌아온 내 주머니에 절대로 들어 있으면 안 되는 물건이 들어 있었다. 바로 어린이집에 하나밖에 없는 현관문 열쇠였다.

다음 날 오전 당직 교사가 열쇠로 현관문을 열 수 있도록 우리만의 비밀 장소에 넣어두고 왔어야 했는데, 실수로 열쇠를 가져온 것이다. 원래의 자리로 다시 가져다두어야 했다. 정말 지친 날이었고 늦은 시간이었지만 어쩔 수가 없었다. 택시를 불러 다시 어린이집으로 향했다. 그리고 택시 안에서 생각했다. 사회인으로서 느끼는 책임감과 규칙이란 것이 참 무겁다는 걸.

작은 열쇠 하나가 집 한 채만큼이나 무겁게 느껴졌다.

회식

누군가를 처음 만나는 자리에서 내가 보육교사라고 소개를 하면 이런 질문을 받는다. "어린이집도 회식 있어요?" 물론 어린이집도 회식이 있다. 모든 교사와 원장님이 함께하는 전체 회식, 같은 연령의 아이들을 맡은 교사들이 뭉치는 연령별 회식, 같은 반 교사들끼리의 반별 회식. 한 학기마다, 혹은 분기마다 회식 일정이 잡히고 교사들은 어디가 좋을지 회식 장소를 의논한다.

나는 회식도 일의 연장선이라고 생각하기에 회식 날이 그리 기쁘진 않았다. 아무리 맛있고 고급스런 음식점에 가도 마음 편하게 먹을 수가 없다. 선배 눈치보랴 후배 챙기랴 이런저런 신경이 쓰일 수밖에.

적어도 퇴근한 이후에는 나답게 있고 싶어서, 곧바로 좋아하는 음악을 틀고 놓치기 싫은 기억을 기록하려 한다. 방에 들어가자마자 이태원 소품 샵에서 산 유니콘 모양의 분홍색 줄 전구를 켜고 초록색 식물에 물을 주며 안정감을 찾는다. 시간이 날 때면 독립서점에 가거나 독립영화를 보며 난 독립적인 걸 좋아하나보다 생각한다.

가끔 너무 힘주었던 하루는 나답게 쉬는 방법도 잊게 만들어서 내가 좋아하는 내가 희미해지기도 한다. 이렇게 열어진 나를 붙잡기도 하고 때로는 놓치기도 한다. 할 수 있는 일과 좋아하는 일 사이에서 아슬아슬한 줄타기를 하며 나답게 살아가는 이 시간들이 소중하고 감사하다.

그날 밤,
한강에서

한여름 밤의 열기는 어디로 갔는지 이제 제법 선선한 바람이 불어오는 계절이 되었다. 괜스레 마음이 일렁여 한강에 간 날. 야외 영화관에서 로맨틱한 영화를 보는 사람들, 풀벌레 소리로 가득 찬 늦여름 밤의 강물을 따라 걷는 사람들.

얼마 전에 내린 비 때문인지 땅에서는 젖은 흙냄새가 나고, 물을 머금은 풀에서는 싱그러운 향기가 났다. 벽을 따라 피어 있는 능소화를 올려다보았다. 떨어진 능소화를 주울까 걸음을 멈췄다가 이내 다시 발길을 옮긴다.

오늘 하루 고민도 생각도 많아 무거웠던 어깨 위의 공기가

한강에서 스쳐가는 바람에 실려 모두 날아가버린 것 같다.

아름답게
불안한 시간

10여 년 전의 나는 시간이 흘러 어른이 되면, 불안했던 마음이 차분하게 가라앉아 고요한 세계에서 살아갈 줄 알았다. 고등학생 때는 대학만 가면 모든 것이 해결될 줄 알았고, 대학에 입학했을 때는 취직만 하면 안정적으로 살아갈 줄 알았으며, 취직을 한 뒤로는 연차가 쌓이기만 하면 편안한 시간이 찾아올 것이라 생각했다. 그러나 현실은 기대와는 달랐다. 나는 여전히 고요하지 않은 세계 안에서 이리저리 헤매고 있다. 마치 흔들리는 호수의 표면처럼 아름다우면서 불안한 시간들이 이어진다. 과연 언제쯤이면 잔잔하게 지낼 수 있을까.

⌂

맥주 한 병을
고르는 자유

퇴근하고 집에 들어가는 길에 작은 마트에 들러 좋아하는 맥주를 고르는 일. 출근하는 것도, 일하는 중에 잠시 쉬는 것도, 밥을 천천히 먹는 것도, 퇴근하는 것도 어느 하나 내 마음대로 할 수 없지만, 고된 하루를 살아낸 나에게 줄 수 있는 유일한 자유.

저녁 산책

저녁 7시, 퇴근은 했지만 집에 도착해서도 답답한 마음에 가방을 내려놓고 곧바로 산책을 나왔다. 저무는 해와 발갛게 물든 하늘이 아름다워 내가 가려던 방향의 반대로 걸었다. 잠시 동안 넋을 놓고 붉은 노을을 향해 앞으로 앞으로 갔다. 어쩔 수 없었다. 아름다움은 가던 길의 방향도 잃게 만든다지.

Done!

작고 때 묻은 다이어리에 하고 싶은 일을 줄줄이 써보고,
그것을 이루는 상상과 행동을 반복하는 삶이 행복이라고
나는 정의해본다.

퇴근 후 회사에서 나와 근처 지하철역까지 걸어가는 길.
나보다 열 발자국 앞서 걸어가는 선배를 발견했다. 조금만
빠른 걸음으로 걸어가면 선배에게 아는 척을 할 수 있을
텐데. 집이 같은 방향이라 지하철을 타고 가면 말동무도
할 수 있을 텐데. 직장 밖에서까지 업무 이야기를 하며 긴
장하고 싶지 않아 선배 뒤에서 느린 걸음으로 걷는다.

지하철역에 도착해 전광판을 보니 바로 들어오는 지하철
이 있지만 지하철 안에서 선배를 만날까봐 일부러 한 번
놓치고 다음 열차를 탔다. 하루 종일 근무하느라 지친 몸

을 이끌고 회사 밖으로 나오면, 그냥 혼자 아무 생각 없이 멍하게 있고 싶다. 다음번에는 아는 척해야지. 아닌가. 그 선배도 나처럼 혼자 있고 싶은 마음이려나.

오랜만에 퇴근하고 나서 친구를 만났다. 평일에는 타의로 직장 생활에 에너지를 모두 쏟아붓기 때문에 저녁 약속을 잡지 않는 편인데 금요일 저녁이라 용기 내어 약속을 잡았다. 아직 취업 준비생인 친구는 혈색도 좋고 생기발랄함이 넘쳐 나에게 끊임없이 말을 했고, 금요일 밤의 분위기에 걸맞게 들떠 있었다. 그에 반해 직장인인 나는 약속 장소에 무사히 도착한 것만으로도 장하다 싶을 정도로 기진맥진한 상태라, 친구의 말에 적당히 고개를 끄덕이며 들어주는 것만이 내가 할 수 있는 최선이었다. 그마저도 하품과 눈물이 나와 입을 수시로 막고 흐르는 눈물을 몰래 닦아내야 했지만. 일주일간의 피로가 응축되어 있는 금요일의 저녁. 불금이란 말은 어떻게 생긴 것이며 다른 사람들은 불금에 어쩜 그렇게 다시 태어난 듯 놀 수 있는지 의문이 들었다.

⌂

나도 동네 친구가
있으면 좋겠다

퇴근은 했는데 오늘 저녁에는 왠지 누구라도 좀 만나서 힘들었던 얘기도 나누고, 맛있는 것도 먹고 싶은 그런 날이 있다. 친하다는 친구들은 왜 이리 멀리 사는 건지. 이럴 때는 즉흥적인 연락으로도 편안하게 만날 수 있는 동네 친구가 있었으면 좋겠다. 나도 서울이 고향이었다면 동네 친구가 있었을까.

⌂

차단할 수도 없고

일단 퇴근을 하고 회사를 나오면 회사에서 일어났던 일, 일어나고 있는 일, 일어날 일에 대해서는 신경쓰지 않으려 한다. 1년차 교사였을 때는 회사에서 실수한 일이나 다음 날 수업에 대한 부담감으로 퇴근 후에도 긴장을 풀 수 없었지만, 이제는 나도 4년차라고 회사 밖에서는 '직장인 모드' 스위치를 꺼둘 수 있게 되었다.

그런데 퇴근 후 꺼놓은 스위치가 타인에 의해 켜지기도 한다. 교사들끼리 공지사항을 공유하는 단체 카톡방이 퇴근 이후 저녁 시간에 울려댈 때면 말이다. 심할 땐 밤 12시에도 울린다. 무시하고 싶지만 나 말고 다른 사람들은 왜 모두 답장을 하고 있는지. 그러니 나만 안 할 수도 없다. 그래서 내용을 보고 나면 신경이 쓰여 다시 심장이 두근두근.

'직장인 모드' 스위치는 오롯이 내가 켜고 내가 끄면 좋겠는데.

Life Map

가끔 궁금할 때가 있다. 나는 지금 어디쯤 서 있는 걸까? 내가 어디에 있으며, 어디를 향해 가고 있는지 알려주는 지도가 있으면 좋겠다. 현재 위치 버튼을 누르면 내가 어디쯤 있는지 빨간 점으로 나타나고, 나침반 버튼을 누르면 어떤 방향으로 걸어가고 있는지 표시되는 지도. 이런 인생의 지도가 있다면 삶에 대한 불안함을 덜 수 있을 텐데.

나는 요즘 잘 지내고 있는 걸까. 빠르게 흘러가는 일상을 보내다가 느릿한 시간의 틈이 생기면 스스로에게 안부를 물어본다. 아마도 잘 지내는 것 같다고 대답한다. 너무 잘 지낸 나머지 출근길에 노트북을 지하철 선반 위에 두고 내렸고, 그 사실을 퇴근길에 기억했다고. 정말로 잘 지내고 있는 건지 다시 한 번 물어보다가 대답 없이 잠들었다.

⌂

자신이 있는 곳을
오롯이 느끼는 사람

퇴근길에 수많은 건물들 사이를 천천히 걷다가 문득 바다가 보고 싶어졌다. 드넓은 지평선과 출렁이는 물결, 파도 소리와 시원한 느낌. 지난번 홀로 훌쩍 다녀온 제주가 그리웠다. 제주에 있는 에메랄드빛 바다는 여전하겠지.

어느 날 제주도에 살고 있는 친구와 대화를 나누는데, 서울에 사는 나는 제주에 가기만을 바라고, 제주에 사는 친구는 서울에 오길 원했다. 분명 우리가 살고 있는 곳에는 그 공간만의 아름다움이 주어져 있었지만 우리는 다른 장소에서의 행복만을 생각한 것이다. 익숙한 공간을 벗어나

멀리 떠나면 새로운 행복을 찾을 수 있지 않을까 하고 기대했다. 그러나 언젠가 내가 제주에서 살게 된다면, 다시 서울이라는 도시를 그리워하는 날이 오지 않을까.

내가 살고 있는 곳이 인생에서 나의 행복을 결정짓는 요소는 아니다. 행복이라는 건 특정한 나라나 도시에 있는 것이 아니라 언제나 내 마음 안에 있기 때문이다. 서울에 사는 나, 그리고 제주에 사는 친구가 자신만의 '여기'를 오롯이 느낄 수 있는 사람이 되었으면 좋겠다고 생각했다.

작은 바람

저녁 하늘의 은근한 그러데이션을 좋아한다. 어느 날은 무지갯빛으로 어느 날은 연보라색으로 물든 하늘. 완전히 자연 그대로인 총천연색 하늘을 보고 있노라면 마음이 편안해진다. 매일 저녁마다 하늘을 올려다봐야 하는 숙제가 있다면 좋을 텐데.

보상심리

평소에는 몸을 생각해 건강하게 먹어야지 다짐하는 나. 이
상하게 퇴근 이후 저녁 시간만 되면 맵고 달달한 음식이
떠오른다. 이렇게 자극적인 음식이 먹고 싶을 때면 오늘도
알게 모르게 힘든 하루를 보냈다는 사실을 깨닫게 된다.
힘들었던 하루를 자극적인 음식으로 보상받으려는 심리.
고쳐야 한다고 생각하지만 오랫동안 떨쳐지지 않는 고질
병 같은 것이다. 이 병을 고칠 수 없다면, 보상받아야 하는
하루하루가 더 이상 오지 않기를 바랄 뿐이다.

⌂

불금 > 남자친구

남자친구보다 사랑하는 금요일 밤이 찾아왔다. (물론 있다는 가정하에 말이지만.) 퇴근을 위해 회사를 나온 순간 나도 모르게 입꼬리가 올라가 광대뼈를 누르며 표정 관리를 해야 했다. 이런 모습을 누군가 볼까봐 급하게 주변을 살폈다. 아, 금요일 밤. 막혀 있던 가슴에 커다란 숨구멍이 생긴다.

서울 사람들

아무리 생각해도 서울 사람들은 너무 바쁜 듯 보인다. 그
들은 해야 할 일이 너무 많다. 그런데 놀거리도 너무 많다.
그런데 쉴 시간은 너무 부족하다. 사실은 내 얘기다.

쉬이 집에
들어갈 수 없는 밤

이상 고온 현상이 흔해진 어느 봄날의 밤. 집에 그냥 들어갈 수 없게 만드는 미지근하고 무덤덤한 공기. 이 공기는 나를 새벽 2시까지 젊음으로 가득한 어느 카페로 이끌었고, 케일 주스를 마시며 이 글을 쓰게 만들었다. 오늘은 그런 날이다. 늦은 시간에 집으로 되돌아가는 길이 무섭다고 생각하면서도 쉬이 집에 들어갈 수 없는 밤.

내일 회사에서 일하는 내내 피곤할 걸 알면서도 '내 시간'
을 갖고 싶어 늦게 자는 날이 수두룩하다.

어느 목요일
여름밤

여름밤에 빌딩숲 사이를 거닐었다. 빌딩숲에서 많은 사람들을 스쳐 지났고, 그들의 눈빛에서 나와 같은 생각을 읽었다. 주말에 대한 기대와 기다림, 아직 더 놀고 싶지만 다음 날 자기 몫을 하려면 지금쯤 집으로 들어가야 한다는 책임감, 그래도 금요일을 앞둔 밤이라 조금 풀어지고 싶은 욕구.

목요일, 밤 10시, 강남역 10번 출구라서 가능한 순간이었다. 그렇게 많은 사람들이 비슷한 생각과 눈빛을 지닌 채 길을 걷고 있었다.

주
말

내일이 오지 않을 것처럼

오늘을 살아보자.

다시 오지 않을 오늘.

Freedom

주말이 좋은 이유는 단연 자유가 있기 때문이다. 내 시간을 내가 좋아하는 공간에서 좋아하는 방식으로 쓸 수 있기 때문에. 평일에도 내가 좋아하는 것들로 가득 찬 시간을 보낼 수 있다면 얼마나 좋을까. 회사를 갈 때마다 자유로움을 느낄 수 있다면 어떨까.

셀프 체념 모드

예전 직장 동료는 안부 연락을 나눌 때마다 지금 다니고 있는 회사를 그만두고 싶다고 말했다. 그럼 나는 이참에 그만둬버리라고, 너 한 명 정도 없어져도 회사는 잘 돌아 간다고 했다. 그러나 그녀는 일을 그만두면 월세는 누가 내며, 월급 없이 어떻게 사느냐고 물었다. 나에게 물어본 건지, 스스로에게 물어본 건지는 모르겠다. 그녀는 그러다 곧 셀프 체념 모드에 들어갔다. 우리는 수시로 같은 대화 를 반복했고, 수시로 체념했다.

일요병

시간이 멈췄으면 좋겠다. 시간이라는 개념이 사라져 시계가 필요 없는 세상에서 살고 싶다. 그럼 우리는 더 이상 시간이 멈추길 바라지 않겠지.

밤에 마시는 커피

카페인에 민감한 사람이라 커피를 마시면 심장이 두근거리고 밤에 잠들기 어려워한다. 그래서 평일에는 오후 3시 이후 커피를 마시지 않으려고 조심한다. 하지만 주말이 되면 상황은 달라진다. 금요일이나 토요일 밤에는 커피를 마셔도 괜찮기 때문에 주말의 자유를 바로 느낀다. 주말이니 늦게 자고 늦게 일어나도 된다는 사실. 직장인이기에 느낄 수 있는 작은 자유와 감사함이 있다.

차라리 돌아보지
않으셨다면 좋았을걸

주말 동안 고향에 내려갔다. 가족들과 따듯한 시간을 보내고 고향 친구들과 일상적인 고민을 나눴다. 며칠 뒤 서울로 올라가는 날이 되었다. 항상 엄마가 차를 타고 나를 터미널 입구에 내려주는데, 그날따라 내 짐이 많아 엄마와 함께 터미널에 들어가 작별 인사를 나눠야 했다.

혼자 버스를 기다려도 될 것 같아 먼저 가시라고 말씀드렸다. 엄마는 그럼 잘 올라가라며 아마도 무거웠을 발걸음을 옮겼다. 가면서 한 번, 두 번, 세 번 나를 돌아봤다. 엄마가 돌아볼 때마다 가슴이 먹먹해졌다. 차라리 돌아보지 않고 그냥 갔다면 이 감정을 외면할 수 있었을 텐데. 고향에 다녀오는 일은 언제나 따뜻하지만 그만큼 가슴을 울린다.

아빠에게도 자유 시간이
있었으면 좋겠다

아빠는 경찰 공무원으로 30년 이상 일했고, 이제는 퇴직을 바라보고 계신다. 요즘 아빠는 퇴직에 대한 고민으로 머릿속이 가득 차 보인다. 퇴직을 어느 시점에 하면 좋을지, 퇴직을 한 뒤 어떤 종류의 일을 하며 지낼지. 중년인 아빠가 재취업에 대해 고민하는 모습은 마치 20대 대학 졸업생들이 취업을 앞두고 고민하는 모습과 비슷해 보인다.

아빠는 퇴직하면 다른 일을 해야겠다고 말하면서도, 퇴직 후 쉬면서 취미 활동을 하며 지내는 사람들이 부럽다고 하신다. 그런 사람들이 부럽긴 하지만 나와 내 동생들이 아직 결혼도 하지 않았고 막내는 대학교도 졸업하지 않았기 때문에 쉬지 않고 계속 벌어야할 것 같다고 하신다. 결혼도, 대학도, 부모님의 손길 아래 있다면 자식으로서 우리는 감사하겠지만, 30년 이상 가족들을 위해 한 직장에서 쉬지 않고 일하신 아빠가 이제는 자신을 위한 시간을 가질 수 있으면 참 좋겠다고 마음 한편으로 생각했다.

순간을 산다는 것

아쉬움을 쌓아가는 습관이 있다. 행복한 순간을 만나면 그 시간에 집중하기보다는 그 시간을 계속해서 부여잡고 싶은 마음이 크다. 그럴 때마다 인문학 책에서 본 구절을 떠올려본다.

메멘토 모리. 우리는 언젠가 죽는다.

아모르 파티. 그러니 네 운명을 사랑하라.

작은 여유

강북으로 올라가는 2호선 지하철을 좋아한다. 잠실역에서 한 차례 사람들을 쏟아낸 지하철은 잠실나루역을 향하면서 지상으로 올라간다. 올림픽대교와 한강, 고층 아파트와 수많은 나무, 이름 모를 산, 다양한 얼굴의 하늘을 보다 보면 강변역에 들어서는데 오래되고 낡은 역의 모습이 정겹게 느껴진다. 지상으로 다니는 전철의 하이라이트는 유리문으로 들어오는 햇빛이다. 지하철이 덜컹거릴 때마다 움직이는 네모난 햇살을 보면 마음에 작은 여유가 생긴다. 나는 이런 작은 여유의 순간을 좋아한다.

완벽한 하루

여동생과 미숙한 솜씨로 한강공원에 텐트를 친 날. 동생은 지금 이 순간, 너무나 행복하다고 말했다. 작은 일상 속에서 감사할 줄 알고 행복을 느낄 줄 아는 동생을 보며 나는 그저 작은 미소를 지었다. 그날, 나는 피곤해서 수시로 눈이 감겼지만 동생이 종일 완벽한 하루라고 말하는 게 보기 좋아 그걸로 나도 완벽한 하루를 보냈다고 생각했다. 언젠가는 나도 일상에서 마주치는 작은 순간에 감사함을 느끼고 행복할 줄 아는 사람이 되기를 바라면서.

사면초가

좋아하는 독립출판 서점에 들어가 신간 도서를 살폈다. 사장님이 다가와 나에 대한 질문 몇 가지를 던지셨다. 내가 직장인이라고 말하니, 회사 생활의 어려움과 퇴사 의지가 담긴 책을 추천해주셨다. 직장인으로서 공감되는 내용이 많은 책이라 집에 가는 버스에 앉아 단숨에 읽었다.

내 주변에는 퇴사를 염두에 두고 살아가는 사람이 많지만, 어디까지나 생각에서 멈추기 마련인 것 같다. 지금 하는 일이 자신에게 힘들고 버겁게 느껴지지만 새로운 일을 찾아 나서기에는 딱히 다른 하고 싶은 일도, 잘하는 일도 없다는 것이 그들의 주장이다. 일을 하면서 동시에 새로운 길을 찾아볼 수 있는 시간적 여유도 없을 뿐더러, 무작정 일을 그만두기에는 다른 사람들 시선과 불투명한 자신의 미래가 무서운 사면초가의 상태인 것이다. 언젠가는 우리가 여기서 벗어날 수 있을까?

오랜 친구

자아성찰에 허우적거리던 대학 시절부터 힘겨운 직장 생활의 고비까지 함께 견뎌낸 오랜 친구를 만났다. 올해로 9년째인 친구. 나에 대해 잘 알고 있는 친구와 지나간 추억을 안주 삼아 이야기 나눌 수 있다는 것은 얼마나 정겨운 일인가. 내 기억에는 이미 사라졌으나 친구는 기억하고 있던 사람의 이름, 지금은 사소하지만 당시에는 우리를 심각하게 만들었던 사건, 우리가 공통적으로 좋아했던 장소. 깊은 해저에 있던 기억이 친구에 의해 수면으로 떠오르면 왜인지 모르게 코가 간지러워 콧등을 찡긋하게 된다.

머리 위에
물음표가 있는 친구

너는 항상 다른 친구들보다 앞서가는 느낌이 들었어. 우리가 미래를 보장해줄 것만 같은 안정적인 직업을 찾아 나설 때, 너는 끊임없이 네가 누구인지 이 세상과 네 자신에게 물음표를 던져댔지. 그런 네가 무모하다고 생각했었지만 이제는 자신에게 가까이 다가가는 널 보면서 대단하고 부럽다는 생각만 들어. 하고 싶은 일이 빼곡하게 찬 너의 다이어리처럼 네 삶이 재미있는 일로 가득 찰 것 같아서. 언젠가는 나도 너처럼 머리 위에 물음표를 달고 다니며 하고 싶은 일로 가득 찬 삶을 살 수 있을까?

추억을 지키려는 사람

전시회에 함께 가서는 나만 따라다니지 않고 자신의 취향에 맞는 작품에 열중해서 보는 사람이 좋다. 전시회가 끝나면 나보다 먼저 기념품 상점에 달려가 개구쟁이처럼 웃는 사람이 좋다. 며칠이 지나 전시회에서 산 와펜을 가방에 달고 나타나 자랑하는 사람이 좋다. 그렇게 좋았던 추억을 오래 머물게 하는 사람이 좋다.

우리는 그저
우리네 삶을 사랑할 뿐

가을이 다가오는 계절, 차가운 에어컨 아래에서 마시는 따뜻한 녹차 한 잔 같은 그녀와의 대화. 우리는 안정적인 삶을 원하면서도, 자신의 본질에 좀 더 가까이 다가가기 위해 진취적인 선택을 해나가는 것은 아닐까 이야기했다. 친구는 3년 동안 다니던 회사를 그만두고 산티아고 순례길을 걸으러 간다고 했다. 이게 진취적인 건지 무모한 건지 모르겠지만 우리가 우리네 삶을 사랑하고 있다는 것만은 확실했다.

애꿎은 컵홀더만

"있잖아, 나는 정말 궁금할 때가 있어. 다들 어떠한 마음으로 자신의 삶을 살아가는 걸까?" 우리는 이에 대해 논하며 커피 컵홀더를 괴롭혔다. 대화가 짙어질수록 컵홀더는 창의적인 모양으로 변해갔다. 뭐, 다들 비슷한 마음으로 살아가는 거겠지?

끄적임

여느 주말과 다르지 않게 가벼운 에코백에 다이어리, 펜,
이어폰, 핸드폰만 챙겨 집 근처 카페에 갔다. 편안한 의자
에 자리를 잡고 앉아 이번 주에 무슨 일이 있었는지를 기
록하고, 다음 주에 무엇을 할지를 계획했다. 이렇게 지난
시간에 대한 기록과 다가올 시간에 대한 계획을 차곡차곡
정리하는 것은 확신 없는 삶에 대한 불안감을 조금이나마
잠재울 수 있는 행동이다. 그래서 나는 계속해서 다이어리
에 무언가를 채워나간다. 기록과 계획이 있는 삶과 그렇지
않은 삶은 언제나 달랐다. 지금보다 더 잘 살고 싶은 마음,

내 삶을 사랑하는 마음이 있는 한 나는 언제나, 어디에서나 *끄적*이고 있을 것이다.

아무것도 아닌
그 무엇

평온한 주말 오후, 잘 다니던 회사를 그만두고 다시 취업 준비생이 된 친구의 전화를 받았다. 앞으로 무슨 일을 하면서 먹고 살아야 할지, 그 기준과 가치에 대한 이야기를 나눴다. 우리는 결국 무엇이 되어야 할까. 어떤 사람이 되어야 할까. 심오한 고민으로 가득 찬 대화가 오고 갔다.

그러다 어쩌면 우린 아무것도 아니어도 되는 것 아닐까 하는 결론을 지으며 서로를 위로했다. 그리고 나니 마음이 편안해졌다.

우리는 꼭 무언가가 되어야 하는 걸까? 만약, 우리가 무언가가 꼭 되어야 한다면 나는 아무것도 아닌 그 무엇이 되고 싶다는 생각을 했다.

있잖아, 만약에

매일매일이 토요일이라면 좋겠다고 생각했어. 나는 일주일 중 토요일이 가장 행복하거든. 만약 일주일이 월화수목금토일이 아닌 토토토토토토토가 된다면 어떨까.

첫 번째 토요일은 느긋하게 전시회에 다녀올 거야. 두 번째 토요일은 집에서 조금 멀더라도 커피 잘하는 카페에 가서 인생커피를 마시는 거야. 세 번째 토요일은 대형서점에 가서 베스트셀러 에세이를 잔뜩 읽어볼 테고, 네 번째 토요일은 대화가 잘 통하는 친구와 삶에 대해 논하면서 우리네 삶을 돌아보고 다시 중심을 잡아볼 거야. 다섯 번째 토요일은 초록색으로 가득 찬 꽃시장에 가서 선인장과 행잉 플랜트를 양손 가득 사 올 거야. 여섯 번째 토요일은 침대랑 혼연일체가 돼서 먹고, 자고, 영화 보고, 텔레비전만 주구장창 보는 게으른 사이클 속으로 들어갈 거야. 일곱 번째 토요일이 되면 드디어 토요일이라는 시간에 질려버리지 않을까? 그렇게 토요일이 질려버리게 되는 순간 나는 다시 월화수목금토일의 삶을 행복하게 받아들일 거야.

밸런스를 맞추다

직장 생활에 우선순위를 뺏겨 쉴 틈 없이 지내다보면 삶에서 중요한 가치를 놓칠 때가 있다. 가령 내 옆에 있어주는 소중한 사람들이라든가, 자신의 건강, 자기 존중과 같은 가치들. 숨 가쁘게 흘러가는 시간 속에서도 이따금씩 멈춰 서서 삶의 밸런스를 잡아가는 시간은 필요하다. '일'과 '삶'이라는 요소를 기다란 시소 양쪽 끝에 태우고 중심을 잡아보는 시간. 그게 곧 인생이겠지. 무게 중심이 한쪽으로만 치우쳐진 시소, 무게 중심이 한쪽으로만 치우쳐진 시소는 아무런 의미가 없다. 그렇기에 '일'과 '삶'이 타고 있는 시소가 적당히 움직이며 균형을 잡을 수 있도록 가다가 멈춰 서는 시간을 가지는 것은 꼭 필요하다.

그날의 무리한,
행복한 제주 여행

어느 가을, 나는 무리한 여행을 떠났다. 휴가를 하루 쓰기도 팍팍한 시기라 잔머리 아닌 잔머리를 굴렸다.

스텝 1, 금요일 칼퇴근 후 김포 공항으로 달려가 제주행 비행기를 탄다. 스텝 2, 금요일 밤부터 토요일, 일요일을 거쳐 월요일 이른 아침에 다시 김포 공항에 도착한다. 스텝 3, 월요일 아침, 무거운 백팩을 들고 여행자의 모습으로 조금 당당하게 출근한다.

기분 전환이 절실한 어느 날, 여행은 가고 싶은데 휴가는 쓸 수 없어 쥐어짜낸 나만의 대책이었다. 예정대로 금요일

칼퇴근 후 커다란 가방을 메고 지옥철에 올랐다. 이때부터 이미 지쳤다. 아, 내가 역시 무리했나봐. 잠시 무리한 여행 계획을 후회하다가 저녁 비행기 탑승에 성공하고 예약해 둔 게스트하우스에 도착했다.

게스트하우스 체크인 후 지친 몸을 이끌고 마당에 있는 캠핑 의자에 앉았다. 의자가 아주 편안했다. 다리의 힘이 풀렸다. 그제야 차분하게 깊은 숨을 내쉬고 '아, 내가 제주에 왔구나.' 하며 오롯이 제주의 시간을 느끼기 시작했다. 제주에서의 3박 4일을 무사히 마치고 출근한 날, 잠시나마

내 삶이 재미있게 느껴져 웃음이 나왔다. 그리고 다시 가벼운 마음으로 회사 생활에 임했고, 얼마 후 또 다른 여행을 계획했다. 나처럼 많은 회사원들이 어딘가로 떠날 준비를 하며 지금을 버티고 있겠지.

동생이면서 언니

나에게는 한 살 어린 여동생이 있다. 여동생은 나이에 비해 성숙해 나에게 언니처럼 느껴질 때가 있다. 여러모로 배울 점이 많은 사람이다.

그녀는 행동력이 좋다. 마음먹은 것은 큰 고민 없이 바로 실행하는 편이다. 어느 날은 갑자기 아이슬란드 워크 캠프에 다녀왔고, 커피가 좋다며 바리스타 자격증을 따는가 하면, 베이커리를 배우고 싶다고 미니 오븐을 사더니 지인들에게 선물할 수 있는 실력이 되었다. 불과 반년도 걸리지 않은 짧은 시간에 그렇게 많은 일들을 해냈다. 나는 옆방에서 얼굴을 빼꼼 내밀어 그녀의 도전을 지켜봤고, 무언가에 도전한다는 것은 대단히 거창한 일이 아니라는 걸 배웠다. 무엇이든 쉽게 머뭇거리던 내가 사람들 앞에 나의 일기장을 활짝 펼쳐놓을 수 있게 된 시작점도 여기에 있다.

행복은 여기에

나보다 나이는 어리지만 생각은 깊은 나의 동생은 순간을 즐길 줄 안다. 아무리 좋은 곳에 가도 약간은 무덤덤한 나와 달리 그녀는 자신이 느끼는 것에 충분히 몰입하고, 말로 표현하며 상대방까지 행복하게 만드는 재주가 있다.

"와, 여기 분위기 참 좋다. 사진 찍기도 좋은데 커피도 맛있어. 집 근처에 이런 곳이 있다는 게 참 행복하고 감사하다."

이렇게 말하면 같이 있는 사람까지 행복해질 수밖에 없다. 순간에 집중하는 그녀를 보면서 행복이라는 게 다른 곳에 있는 것이 아니라 찰나 안에 있다는 걸 느낀다.

내가 진짜 원하는 건 뭘까

주변에 공무원이 되기 위해 공부하고 있는 친구들이 있다. 공무원 공부를 오랫동안 해오다가 합격한 친구도 있고, 3년 이상 공부하고 있는 친구도 있다. 대학생 때 휴학을 하고 시험 준비를 한 친구도 있고, 좋은 회사에 다녔지만 안정적인 미래에 대한 필요성을 느껴 퇴사 후 공무원 준비를 하는 친구도 있다. 그런 친구들을 보면서 공무원이라는 것은 나와 상관없는 일이라고 생각했지만, 어느 날은 갑자기 불안해지기 시작했다.

다들 긴 미래를 바라보며 안정적인 삶을 그리는데, 미래의 나는 어떤 모습으로 살아가게 될지 생각해보니 눈앞이 흐려지는 것이다. 나도 이참에 하던 일을 그만두고 공무원인 유치원 교사를 준비해야 하나. 그러려면 대학원에서 교육자격증을 취득하고 임용고시를 위한 공부까지, 3년에서 4년은 걸릴 터인데 짧지 않은 시간과 돈을 투자하더라도 합격된다는 보장이 없다. 합격이 되면 나는 행복할까. 합격도, 행복도 보장되지 못한 미래를 위해 긴 시간 동안 공부만 해야 한다고 생각하니 순식간에 나의 삶이 씁쓸하게 느껴졌다.

먼 미래의 나, 그리고 지금의 나. 두 가지 차원의 시간 중에 더 중요한 건 뭘까. 내가 진짜 원하는 건 뭘까.

홀연히 사라지거나
정착하는 것들

군이 오지도 않은 미래를 걱정하기보다는 흘러가는 대로 자연스럽게 두면 절로 답이 나오는 경우가 있다. 홀연히 사라지거나 정착하는 것들. 숨을 쉬는 것처럼 몸에 배는 작은 습관, 갑자기 튀어나온 뾰루지, 사람과 사람 사이의 관계. 어떻게 하면 좋을지 고민하고 판단하기보다는 시간이 흐름에 따라 결정지어지는 것들. 그것을 내버려두는 연습이 필요하다.

난 네가 잠시 멈춰
물고기를 찾아봤으면 좋겠어

아침 일찍 일어나 미리 챙겨둔 운동복을 입고 집 근처 호
수공원에 갔다. 공원 입구에서 운동화 끈을 단단히 조여매
고 기분 좋게 걷기 시작했다. 이전의 나는 신나는 노래를
들으면서 최대한 빠른 시간 내에 호수 한 바퀴를 걸어 집
으로 돌아오는 사람이었으나 최근의 나는 순간의 소중함
을 알고 느리게 살고 싶다는 생각을 하고 있기에 천천히
걷다가 멈춰 주변을 둘러보기를 반복했다.

걷다가 멈춰 서서 호수의 흔들리는 물결을 바라보기도 하
고, 호수 위에 둥둥 떠 있는 조그만 오리집을 구경하기도

했다. 흩날리는 나뭇잎을 바라보기도 하고, 벤치에 앉아 호수 안의 물고기를 발견하기도 했다. 호수공원 근처에 산지 4년 만의 발견이라 의미가 깊었다. 그동안 나는 너무 빠르게만 가려고 애썼다. 호수를 최단 시간으로 돌고 집에 돌아가면 그게 가장 의미 있다고 생각했었다.

그러나 예전의 내 생각과는 다르게 걷다가 멈추고, 걷다가 다시 멈춰야 아름다운 순간을 제대로 음미할 수 있었다. 인생도 그렇지 않을까. 목적지까지 빠르게 간다고 해서 성공한 삶이 아닌 것처럼. 가다가 멈춰 앉아 경치를 보기도 하고, 가다가 멈춰 사람들의 여유를 함께 느끼기도 하는 것. 물론 운동을 짧은 시간 안에 끝내고 집으로 가는 것은 가장 효율적인 방법이긴 하겠지만, 우리네 인생이 효율적이기 위해 사는 것인가. 그렇지 않다. 비효율적으로 살면서 행복해질 필요도 있다.

목적 전치 현상

요즘 유행이라는 전시회에 갔다. 2, 30대라면 한 번쯤 다녀와야 할 것 같은 전시회였다. 전시회에 가기 위해 나는 집에서부터 머나먼 여정을 떠나야 했다. 지하철을 한 번 환승해야 했고, 버스로 갈아탄 뒤 내려 10분 정도 걸어야 했다. 주말 오후라 사람이 많을 거라고 예상은 했지만 100명 정도의 젊은이들이 지그재그로 줄을 서 있었다. 너무하다 싶을 정도로 전시회를 보려는 사람이 많았지만, 오늘이 아니면 다시 오기 어려울 것 같아 그들 뒤에 줄을 섰다.

사진을 찍는 것이 허용되는 전시회였다. 사람들은 작품 앞에 서 있는 자신의 모습을 찍기 위해 애썼다. 전시를 보고 싶어서 온 것인지, 전시를 보러 온 자신을 보고 싶어 온 것인지 혼란스러운 장면들이 이어졌다.

대개 여자는 작품 앞에 서고 남자는 여자를 찍어주었다. 사람들은 가장 유명한 작품 앞에서 사진을 찍기 위해 서로 눈치를 봤다. 덕분에 제대로 작품을 감상하기란 어려웠다. 우리의 전시 문화가 왜 이렇게 되었나 생각하다가 결국에는 나도 사진으로라도 남겨 집에 가서 보자는 심정으로 유명한 작품을 찍어댔다. 기념품 코너에서는 물건으로라도 전시회에 대한 기억을 남기자는 생각에 관련 포스터와 엽서를 구매했다.

집에 돌아가는 길에 생각했다. '난 오늘 무엇을 보고, 무엇을 느꼈나.' 내 손목에 힘없이 걸려 있는 비닐봉지가 흔들거렸다. 봉지에 담긴 포스터와 엽서를 가만히 바라봤다.

긴 말이 필요 없는 사이

오래 알고 지낸 친구를 만났다. 친구는 말이 없었다. 내 안부를 물어본 뒤에는 내가 하는 이야기에 맞장구를 치며 조용한 대화를 이어갈 뿐이었다. 네 얘기 좀 해봐. 내가 투정 부리고 나서야 친구는 말을 꺼낸다. 특별한 이야기는 없었다. 그저 밥 한 끼와 커피 한 잔, 잠깐의 산책으로 모든 게 설명되는 만남이었다. 집으로 돌아가는 길, 오늘의 만남이 친구에게 위안이 되었길, 좀 더 행복해졌기를 기도했다.

피크닉

흩어져 사는 가족들이 모두 모여 함께한 저녁 식사. 커다
란 나무 아래 나란히 앉아 하하호호 웃으면서 이야기 나
누는 기분이 들었다. 특별한 이야기가 없어도 특별한 시
간들.

여느 때와 같아서

하품이 무진장 나오는데 자기 싫어서 버티는 밤이었다. 멀리 떨어져 지내는 가족들이 오랜만에 다 같이 모였고, 한 집에서 밤을 보냈다. 한 살 터울의 여동생과 거실에 누워 우리가 좋아하는 인디 음악을 들었다. 최근에 맛있게 먹은 과자, 함께 나누고 싶은 책 한 구절, 그렇게 사사로운 대화를 나눴지만 그게 너무 소박한 행복이라 감사한 밤이었다. 아빠는 여느 때처럼 눕자마자 잠드셨고, 엄마는 여느 때처럼 뒤척이다 잠을 설치셨고, 언니와 형부는 여느 때처럼 피아노 노래를 들으며 사랑스러운 조카를 재우다 조용해졌다. 여느 때와 같아서 감사한 밤이었다.

무작정 걷기

오늘 떠오른 단어는 '광합성'이다. 주근깨가 좀 생기더라
도 따사로운 햇빛을 잔뜩 받고 싶은 날이었다. 가끔 나는
식물이 된 것처럼 온전히 햇빛을 받고 싶은 날이 있다. 날
씨가 좋았기에 어디든 무작정 걸어도 만족스러운 날이었
다. 나는 무작정 걸었고, 또 걸었다. 오늘 하루, 세상은 푸
르렀고 내 마음은 가득 찼다.

레옹 아저씨의
화분

우리 집은 2층에 있어서 창문을 조금이라도 열어두면 집 근처 골목에서 큰 목소리로 말하는 사람들의 이야기가 잘 들린다. 어느 날은 지나가는 아저씨의 "오늘 날씨 좋네." 하는 감탄사를 듣고, 방 안에서 어질러진 물건들을 정리하던 나는 도대체 오늘 날씨가 얼마나 좋으면 저렇게 말하는 건지 궁금해 방의 창문을 활짝 열었다. 미세먼지 없는 맑은 하늘, 일요일의 느긋한 아침이었다. 너른 창문으로 환한 햇빛과 시원한 바람이 들어왔다. 나의 반려식물인 알로카시아 화분을 창가에 올려놓고 분무기로 물을 뿌려주었다. 며칠 전에 보았던 영화 〈레옹〉이 떠올랐다. 사랑하는 화분을 들고 다니며 정성 가득히 물과 빛을 주던 레옹 아저씨가.

삶을 대하는 태도

오늘 하루는 다시는 오지 않을 시간이라 했다. 오늘도 명심하면서, 조금씩, 삶을 대하는 태도를 바꾸어본다.

직장인의 기도

다음 주는 좀 더 수월하게 보낼 수 있길. 감정을 소모하는 일은 적고, 제 시간은 많이 갖게 해주세요. 아멘.

아, 일어나야 해

아침이 되어 눈을 떴을 때, 이케아에서 산 두껍고 하얀 커튼을 통해 들어오는 빛이 너무 좋아서 잠시 멍해진다. 아, 일어나야 해. 오늘 하루가 시작되었음을 받아들이자.

오늘 하루가 무탈하길 바라며.